THE
LAST
LEAF

O. Henry

오 헨리가 전하는
따뜻한 희망의 메시지

Bestseller World's Classics 004

마지막 잎새
The Last Leaf

O. 헨리 지음

유혜경 옮김 | 김윤회 일러스트

문학
마을

contents

。
마지막 잎새

워싱턴 광장 서쪽에 있는 한 구역은 길들이 질서 없이 뻗다가 몇 개의 길과 작은 마을로 나뉘어져 있었다. 이 마을에는 어수선하게 얽힌 갈림길이 많았다. 어떤 길은 그 길 자체가 한두 번씩 교차되기도 했다.

옛날에 어떤 화가는 이 길을 보고 한 가지 기발한 발상을 해냈다.

"이 마을에 산다면 수금원이 물감 값을 받으러 왔다가 헤매기만 하고 왔던 길로 되돌아가게 되겠지?"

그것을 시작으로 이 해묵고 고풍스러운 그리니치빌리지에는 화가들이 하나 둘 몰려들기 시작했다. 그들은 북향의 창문과 19

마지막 잎새

세기풍의 테라스, 네덜란드식 다락방이 있는 값싼 셋집을 마련하고 6번가에서 컵 몇 개와 요리 기구 등을 사들였다. 이렇게 '예술인 마을'이 생겨났다.

이 마을 한쪽, 3층의 아담한 벽돌집 꼭대기에는 존시와 수의 화실이 있었다. 존시는 조안나의 애칭이었다. 수는 메인 주 출신이었고, 존시는 캘리포니아 주 출신이었다. 그들은 8번가에 있는 식당 '델모니코'에서 식사를 하다가 우연히 만났다. 미술에 대한 견해가 같은데다가 치커리 샐러드, 소매가 긴 옷 장식에 대한 취향까지 닮았다는 것을 알고 둘은 공동의 화실을 갖게 된 것이다. 그것이 지난 5월의 일이었다.

11월이 되자 차가운 불청객이 마을을 덮쳤다. 의사들이 폐렴이라고 부르는 이 침입자는 얼음같이 싸늘한 손으로 사람들을 하나씩 건드리며 지나갔다. 특히 동부 지역에서는 대담하게 활개를 치면서 수십 명씩 희생자를 냈다. 다행히 미로같이 좁고 이끼 낀 이 거리에는 오래 머물지 않았지만, 이 폐렴이란 놈은 매너 좋은 신사는 아니었다. 바람이라고는 캘리포니아의 부드러운 산들바람밖에 알지 못했던 작고 연약한 처녀를 덮치고 만 것이다. 거친 숨을 몰아쉬며 주먹을 마구 휘두르는 이 거친 침입자에게,

존시는 속수무책으로 당할 수밖에 없었다. 그리하여 벌써 며칠째 철제 침대에 드러누워 있는 것이었다. 존시는 꼼짝도 못한 채 고개를 돌려 유리창 밖만 바라보고 있었다. 유리창 너머로는 건너편 벽돌집의 텅 빈 벽, 그 뿐이었다.

어느 날 아침 존시를 진찰하던 의사는 짙은 회색 눈썹을 치켜뜨며 수를 복도로 급히 불러냈다.

"살아날 가망은…, 겨우 열에 하나야."

의사는 체온계의 수은을 흔들면서 말했다.

"그 가능성도 살아야겠다는 의욕이 없으면 소용이 없지. 존시의 기분을 돌리게 할 만한 좋은 방법이 없을까?"

"존시… 존시는 언젠가 이태리 나폴리의 항구를 그려보고 싶다고 했어요."

수가 말했다.

"바보 같으니! 지금 그림 얘기를 할 때가 아니야, 뭔가 마음속에 간절한 열망을 불러올 만한 게 없냐구. 가령 애인이라든가?"

"애인이요?"

수는 통명스럽게 말했다.

"남자가 그렇게 중요한가요…. 존시에겐 그런 거 없어요."

마지막 잎새

"허, 그럼 곤란한데."

의사가 한숨을 내쉬었다.

"어쨌든 내 힘이 미치는 데까지 최선을 다해보겠어. 하지만 환자가 자기 장례식에 올 사람들의 숫자나 헤아리고 있다면 의사가 할 수 있는 효력은 반으로 줄게 되지. 만일 수가 환자에게 이번 겨울 코트의 소매 스타일에 관심을 갖게 만들 수 있다면, 병이 나을 가능성은 열에 하나가 아닌 다섯에 하나라고 장담할 수 있지."

의사가 돌아간 뒤 수는 작업실로 가서 손수건이 흠뻑 젖도록 눈물을 쏟았다. 그리고는 언제 그랬느냐는 듯이 화판을 들고 휘파람을 불면서 힘차게 존시의 방으로 들어갔다.

존시는 여전히 얼굴을 창문 쪽으로 고정한 채, 침대 이불에 주름 하나 만들지 않고 누워 있었다. 수는 존시가 자고 있다고 생각하고 휘파람을 멈추었다. 그리고 화판을 세워 소설책에 실릴 삽화를 그리기 시작했다. 작가 지망생이 문단에 등단하기 위해 잡지에 소설을 쓰듯, 신인 화가도 삽화 작업부터 거쳐 자신의 길을 개척해나가야 하는 것이다.

수가 소설의 주인공인 아이다호의 카우보이 차림을 그리고 있는데, 나지막한 목소리가 여러 차례 들려왔다. 수는 재빨리 침대

유리창 너머로는 건너편 벽돌집의 텅 빈 벽,

그뿐이었다

곁으로 다가갔다. 존시는 눈을 크게 뜬 채 누워 있었다. 그녀는 창밖을 바라보며 숫자를, 그것도 거꾸로 세고 있었다.

"열둘!"

이렇게 말하고는 조금 있다가 '열하나', '열', '아홉'. 그 뒤로는 거의 동시에 '여덟', '일곱…'을 헤아리고 있는 것이었다.

도대체 무엇을 세고 있을까? 수는 궁금하다는 표정으로 창밖을 내다보았다. 눈에 보이는 것이라고는 쓸쓸하고 텅 빈 뜰과 6미터쯤 떨어져 있는 이웃집의 볼품없는 벽뿐이었다. 그곳에는 뿌리가 썩고 옹이가 진 늙은 담쟁이덩굴 하나가 벽돌집 중간까지 뻗어 있는 게 아닌가. 차가운 늦가을 바람에 담쟁이 잎은 다 떨어지고 앙상한 가지만이 허물어져가는 벽돌에 매달려 있었다.

"무얼 세는 거니?"

수가 물었다.

"여섯."

거의 속삭이듯 존시는 말했다.

"떨어지는 속도가 더 빨라졌어. 사흘 전에는 백 개도 넘게 달려 있었는데. 그래서 그것을 헤아리려면 머리가 다 아팠거든. 하지만 이젠 쉬워. 어머, 저기 또 하나가 떨어지네! 이제 남은 건 다

마지막 잎새

섯 개뿐이야."

"도대체 뭐가 다섯 개 남아 있다는 거니?"

"잎사귀, 담쟁이덩굴에 붙어 있는 저 잎새 말이야. 마지막 한 잎이 떨어지면 나도 가는 거야. 사흘 전부터 알고 있었어. 의사 선생님이 네게도 말했겠지?"

"무슨 소리야. 그런 바보 같은 소리 들은 적 없어. 저 담쟁이 잎이랑 네 병이랑 무슨 상관이 있다고 그러니? 더구나 넌 저 담쟁이덩굴을 좋아했잖아. 이 바보야! 그런 말도 안 되는 소리는 그만해. 오늘 아침 의사 선생님이 그랬어. 네가 완쾌될 가능성은…. 그러니까, 그 말을 그대로 옮기자면 열에 하나랬어! 뉴욕에서 전차를 타거나 신축공사 중인 빌딩 밑을 지나갈 때도 위험은 있는 거잖아. …자아, 그러니까 이 스프 좀 먹고 기운 좀 차려. 내가 마음 놓고 그림을 그릴 수 있게 해줘. 그림이 완성되어야 편집자한테 돈을 받아서 네게 포도주도 사주고, 식욕 왕성한 나는 돼지고기 요리를 사 먹을 수 있지 않겠니?"

"포도주 따위는 더 이상 살 필요 없어."

창밖을 바라보며 존시가 말했다.

"또 한 잎 떨어졌어. 수프 같은 것은 먹고 싶지 않아. 이제 남은 거라곤 네 잎뿐이야. 어두워지기 전에 마지막 한 잎이 떨어지는 걸 보고 싶어. 그럼 나도 가는 거고."

"제발, 존시! 내가 그림을 다 그릴 때까지 만이라도 그런 소리 말고 가만히 있어줘. 내일까지만 창밖을 보지 않는 거야. 저 그림을 내일까지는 넘겨야 한단 말이야. 그림 그리는데 햇빛만 없어도 된다면 당장 저 커튼을 내려 버릴 텐데…."

수는 존시에게 굽히며 말했다.

"다른 방에 가서 그릴 순 없니?"

존시는 못마땅한 얼굴로 말했다.

"조금이라도 네 곁에 있고 싶어서 그래. 게다가 네가 저 거지 같은 담쟁이덩굴 이파리만 쳐다보고 있는 것도 싫어."

"알았어. 그림을 다 그릴 때까지만이야."

존시는 마치 넘어진 조각상처럼 침대에 누운 채, 창백한 표정으로 조용히 말했다.

"마지막 한 잎이 떨어지는 걸 보고 싶어. 난 이제 기다리는 것도 생각하는 것도 지쳤어. 모든 것에서 벗어나 저 가엾고 지친 나뭇잎처럼 아래로 떨어지고 싶어."

마지막 잎새

"존시, 일단 잠을 좀 자봐."

수가 말했다.

"난 베어먼 할아버지를 불러다가 늙은 광부의 모델 좀 되어달라고 해야겠어. 내가 돌아 올까지 움직이면 안 돼."

베어먼 할아버지는 같은 건물 1층에 살고 있는 화가였다. 나이가 예순이 넘은 그는 곱슬거리는 수염을 가슴까지 길게 기르고 있었다. 그 수염은 볼 때마다 미켈란젤로가 그린 모세 상의 수염을 연상시켰다. 베어먼 할아버지는 실패한 화가였다. 50년 가량 붓을 쥐고 살아왔지만 제대로 된 작품하나 그리지 못했다. 입버릇처럼 걸작을 그리겠다고 큰소리쳤지만, 아직 손도 대지 못하고 있었다. 지난 몇 해 동안 상업용이나 광고용 따위의 그림만 겨우 그렸을 뿐이다. 이 마을의 젊고 가난한 화가들은 전문적인 모델을 쓸 여유가 없었기 때문에 그들에게 모델이 되어주고 푼 돈을 받아 생계를 유지하는 처지였다. 그는 아직도 술을 마시기만 하면 머지않아 걸작을 그릴 거라며 큰소리를 쳐댔다. 몸집은 작았지만 성질이 사나워서 누구든지 약한 모습을 보이기만하면 몹시 비웃었다. 그러나 위층 작업실의 두 젊은 화가에 대해서만은 그들을 지켜주는 감시견 역할을 자청하고 있었다.

수가 아래층에 내려갔을 때 베어먼은 어두컴컴한 방에서 술 냄새를 잔뜩 풍기고 있었다. 한쪽 구석에는 아무것도 그리지 않은 하얀 캔버스가 이젤 위에 놓인 채, 걸작의 첫 획을 25년 동안이나 기다리고 있었다. 수에게 존시의 이야기를 들은 베어먼은 충혈된 두 눈에 눈물을 글썽거렸다. 그러고는 그런 망상이 어디 있느냐며 역정을 냈다.

"뭐라고? 그 따위 다 썩어빠진 담쟁이덩굴에서 잎 새가 떨어지면 자기도 죽는다니, 그런 얼빠진 소리가 어디 있단 말이야? 머리털 나고 처음 듣는 소리군. 그만 둬, 바보 같은 아가씨의 모델 노릇은 하지 않을 거야. 아니, 수는 왜 존시가 그런 숙맥 같은 생각을 하도록 내버려 두는 거지. 오, 가엾은 존시."

"그 애는 몹시 아파서 마음이 약해졌어요. 그리고 열 때문에 자꾸 이상한 생각을 하는 거예요. 좋아요, 베어먼 할아버지. 굳이 제 모델이 되어 주기 싫으시면 그만두세요. 하지만 저는 할아버지를 지독한 변덕쟁이라고

마지막 잎새

생각하겠어요."

"여자란 별 수 없군!"

베어먼은 큰 소리로 외쳤다.

"누가 모델이 안 되겠다고 했나! 자, 함께 가자고. 반시간 전부터 모델이 되어 주겠다고 말했잖아. 그리고 여기는 존시처럼 착한 아가씨가 앓아누워 있을 곳이 못 돼. 머지않아 내가 걸작을 그릴 테니, 그때 우리 다함께 이 마을을 떠나자고!"

두 사람이 위층에 올라가보니 존시는 곤히 잠에 빠져있었다. 수는 커튼을 창문턱까지 내려치고는 베어먼에게 옆방으로 가자고 손짓을 했다. 두 사람은 두려운 눈빛으로 창밖의 담쟁이덩굴을 바라보았다. 그러고 나서 잠시 아무 말 없이 서로의 얼굴을 바라보았다. 차가운 진눈깨비가 줄기차게 퍼붓고 있었던 것이다.

이튿날 아침, 수가 한 시간쯤 눈을 붙이고 일어나 보니 존시는 멍한 표정으로 창문을 가리고 있는 초록색 커튼을 바라보고 있었다.

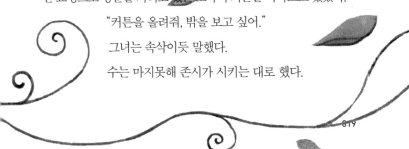

"커튼을 올려줘, 밖을 보고 싶어."

그녀는 속삭이듯 말했다.

수는 마지못해 존시가 시키는 대로 했다.

그런데 이게 어찌 된 일인가? 밤새도록 그토록 사나운 비바람이 몰아쳤는데, 벽에는 아직 담쟁이 잎 새 하나가 매달려 있는 것이 아닌가! 그것은 담쟁이에 붙어 있는 마지막 잎 새였다. 잎자루쪽은 아직 짙은 초록색이지만 톱니 모양의 가장자리는 노란색으로 시들어버린 채, 땅에서 6m쯤 올라간 줄기에 매달려 있었다.

"마지막 잎새야."

존시가 말했다.

"지난밤에 틀림없이 떨어진 줄 알았는데…. 바람 소리가 심했거든. 그렇지만 오늘은 꼭 떨어지겠지. 그럼 나도 같이 가는 거고."

수가 퀭한 얼굴을 배게 쪽으로 돌리며 말했다.

"존시! 그런 말 하지 마. 너 자신에 대해 생각하고 싶지 않거든, 나를 생각해봐! 난 어쩌면 좋아?"

그러나 존시는 아무 대답도 하지 않았다.

멀고 먼 미지의 세계, 죽음이라는 여행을 떠날 차비를 한 인간의 영혼처럼 외로운 것은 이 세상에 없으리라. 죽음이 다가올수록 그녀를 지상에 붙들어놓고 있던 우정 같은 감정들은 그 매듭이 하나씩 풀려가고 있었다. 동시에 공상이 한층 더 강하게 존시를 사로잡고 있었다.

마지막 잎새

날이 저물어 어둠이 짙어질 때까지도 그 외로운 담쟁이 잎 새는 벽 위의 줄기에 매달려 있었다. 그러나 밤이 되자 북풍은 더 세차게 휘몰아쳤다. 빗줄기는 여전히 창을 두들기며 나지막한 네덜란드 식 처마 끝으로 후드득 흘러내렸다.

날이 밝자마자 존시는 매정하게도, 수에게 커튼을 올려달라고 명령하듯 말했다.

그런데 그 담쟁이 잎 새는 여전히 줄기를 붙들고 있었다.

존시는 자리에 누운 채 그 잎 새를 뚫어지게 바라보았다. 그러다가 가스 스토브의 닭고기 수프를 젓고 있는 수를 불렀다.

"난 나쁜 계집애였어, 수."

존시는 말을 열었다.

"내가 얼마나 나쁜 인간이었는지 깨닫게 하려고 무엇인가가 마지막 잎 새를 저기에 남겨놓은 거야. 죽고 싶다고 생각하다니, 죄악을 저지를 뻔 했어. 수프 좀 갖다 줘. 그리고 우유에 포도주도 조금 타서 주고…. 아니, 손거울을 먼저 갖다 줘. 또 베개 몇 개를 내 등에 넣어 주지 않겠니? 앉아서 네가 요리하는 모습을 보고 싶어."

한 시간쯤 지난 후 존시가 말했다.

"수, 난 훗날 나폴리의 항구를 꼭 그릴 거야."

오후에 의사가 왔다. 진찰을 마친 의사가 돌아갈 때 수는 잠시 의사를 따라 복도로 나왔다.

"살아날 가능성은 이제 반반이야."

의사는 떨리는 수의 가냘픈 손을 잡고 말했다.

"간호만 잘하면 아가씨가 이기겠어. 난 이제부터 아래층에 있는 또 다른 환자에게 가봐야 해요. 이름이 베어먼이라든가…. 그 친구도 그림을 그리는 것 같던데, 역시 폐렴환자야. 나이가 많아 몸도 허약한 데다 급성이라 회복할 가망이 거의 없어. 그러나 고생이라도 좀 덜 수 있도록 오늘 입원시켰지."

이튿날 의사가 수에게 말했다.

"존시는 이제 위급한 상태에서 벗어났어. 아가씨가 이긴 거요. 이제 영양 섭취와 간호만 잘하면 문제가 없을 거야."

그날 오후 수가 침대로 다가갔을 때 존시는 침대에 누운 채 짙은 초록색의 털목도리를 뜨고 있었다. 쓸모없어 보이는 목도리였지만 존시는 만족스러워 보였다. 수는 눈시울이 붉어져 있었다. 그녀는 존시와 베개를 함께 끌어안으며 말했다.

"존시, 너에게 알려 줄 얘기가 있어. 좋지 않은 소식이야."

마지막 잎새

수가 말했다.

"베어먼 할아버지가 오늘 아침에 병원에서 폐렴으로 세상을 떠나셨어. 겨우 이틀 앓으시고 말이야. 폐렴이 발병했던 첫날 아침에 건물관리인이 통증으로 괴로워하는 할아버지를 발견했대. 아래층 자기 방에 계셨는데, 구두와 옷이 흠뻑 젖어 있었고 몸은 얼음처럼 차디찼다고 하더라. 비바람이 그렇게 몰아치던 간밤에 대체 어디를 갔다 온 건지 짐작도 할 수 없었다는 거야. 불이 켜져 있는 초롱과 늘 놓아두던 장소에서 꺼내온 사다리, 제멋대로 흩어진 붓 몇 자루, 그리고 노란색과 초록색 물감이 섞여 있는 팔레트만이 발견됐어. …자 창밖을 내다봐. 벽에 붙어 있는 마지막 담쟁이 잎 새를 잘 봐. 바람이 부는데 조금도 움직이지 않는 게 이상하지 않니? 아, 존시…! 저건 베어먼 할아버지의 걸 작품이야…. 그 분이 마지막 잎 새가 떨어져버린 그날 밤 저기에 그려 놓으신 거라구."

크리스마스 선물

1달러 87센트, 그것이 델라의 손바닥에 놓여 있는 전부였다. 그중 60센트는 1센트짜리 동전이었다. 이 동전은 식품점과 채소 가게 그리고 정육점에서 구두쇠처럼 가격을 깎아가며 한푼 두푼 모은 돈이었다. 째째하다는 무언의 비난에 얼굴을 붉히면서까지 말이다. 델라는 세 번이나 돈을 세어 보았다. 1달러 87센트. 그런데 내일이 크리스마스가 아닌가!

　낡고 초라한 작은 침대에 엎드려 소리 내어 엉엉 울 수밖에 별 다른 도리가 없었다. 델라는 초라한 동전들을 바라볼 때마다 절망에 휩싸여 울적해졌다. 그녀는 인생이란 흐느낌과 눈물 그리고 약간의 미소가 합쳐진 것에 불과하다는 생각이 들었다. 그 중에서도 눈물이 삶의 큰 부분을 차지하고 있는 것만 같았다.

그녀가 울고 있는 방은 일주일에 8달러씩 지불해야 하는, 가구가 딸린 아파트였다. 아주 보잘것없는 집이라고는 할 수 없지만 걸인 단속반을 간신히 피할 수 있을 정도로 누추한 집이었다.

아래층 현관에는 우체부가 한 번도 들른 적이 없는 거미줄 처진 우편함이 있었고 아무리 눌러도 소리가 날 것 같지 않은 녹슨 전기벨이 죽은 딱정벌레처럼 붙어 있었다. 게다가 거기엔 '미스터 제임스 딜링햄 영'이라고 새겨진 명패까지 붙어 있었다. 주당 30달러를 받던 경기 좋던 시절만 해도 이 '딜링햄'이라는 이름은 미풍에도 살랑거렸다.

그러나 주당 20달러로 수입이 줄어든 지금은 이 '딜링햄'이란 글자도 잔뜩 주눅이 든 것처럼 무거워 보였다. 그래도 제임스 딜링햄 영 씨가 퇴근해 집에 돌아오면 델라는 남편인 그를 '짐'이라 부르며 뜨겁게 포옹해준다. 참으로 보기 좋은 장면이다.

델라는 울음을 그치고 파우더로 볼을 두드렸다. 그녀는 창가에 서서 잿빛 뒷마당의 울타리로 고양이 한 마리가 지나가는 것을 멍하니 바라보았다. 내일이 크리스마스인데 짐에게 줄 선물

델라의 아름다운 머리채는 갈색 폭포수처럼 반짝이며

부드러운 바람에 물결이 일렁이듯 어깨 아래로 드리워져

있었다.

을 살 돈이 고작 1달러 87센트 뿐이라니. 몇 달 동안 한 푼도 쓰지 않고 모았지만 손에 쥔 돈은 이것뿐이었다. 주당 20달러 수입으로는 방법이 없었다. 아무리 아껴 쓴다고 해도 지출이 수입을 초과했다. 항상 그런 식이다.

짐에게 줄 선물을 살 돈은 겨우 1달러 87센트 밖에 없었다. 짐에게 근사한 선물을 하겠다는 생각으로 얼마나 많은 시간을 행복하게 보냈던가! 근사하면서도 흔하지 않고 진짜인 것, 짐에게 어울리는 그럴 듯한 선물을 하고픈 마음은 몇 달 동안 그녀를 무척 설레게 했다. 하지만 지금 그녀에게는 1달러 87 센트밖에 없었다.

양쪽 창문 사이에는 거울이 있었다. 8달러짜리 싸구려 아파트에서 흔히 볼 수 있는 그런 거울이었다. 마르고 동작이 빠른 사람이라면 세로로 재빨리 비추어 정확한 자신의 모습을 볼 수 있을 것이다. 몸이 마른 델라는 그런 일에 익숙했다. 그녀는 갑자기 창가에서 몸을 돌려 거울 앞에 섰다. 눈동자는 반짝반짝 빛났지만 안색은 이내 파리해졌다. 그녀는 재빨리 머리를 풀어 길게 늘어뜨렸다.

제임스 딜링햄 영 부부는 각자가 몹시 아끼는 것을 한 가지씩 갖고 있었다. 하나는 일찍이 할아버지 때부터 대를 물려온 짐의

크리스마스 선물

금시계였고 또 하나는 델라의 머리채였다. 만약 시바의 여왕이 델라의 집 맞은편 아파트에 살면서 어느 날 델라가 머리채를 창밖에 늘어뜨린 채 말리고 있는 것을 보았다면 자신이 갖고 있는 온갖 보석과 보물이 하찮은 것이라고 여겼을 것이다. 그리고 솔로몬 왕이 금은보화를 지하실에 산더미처럼 쌓아놓은 채 이 아파트의 관리인 노릇을 하다가 짐이 지나다닐 때마다 금시계를 꺼내보는 것을 봤다면 너무도 부러운 나머지 턱수염을 쥐어뜯었을 것이다.

델라의 아름다운 머리채는 갈색 폭포수처럼 반짝이며 부드러운 바람에 물결이 일렁이듯 어깨 아래로 드리워져 있었다. 무릎 아래까지 흘러내린 머리채가 그녀를 온통 휘감았다.

델라는 신경질적으로 재빨리 머리를 땋아 올렸다. 잠깐 망설이며 가만히 서 있는 그녀의 눈에서 흘러내린 눈물방울이 낡은 붉은색 카펫 위로 떨어졌다. 잠시 후 그녀는 서둘러 일어서며 낡은 갈색 재킷을 걸치고 뜯어진 갈색 모자 속에 자신의 탐스런 머리채를 숨겼다. 그리곤 치맛자락을 펄럭이며 아직도 반짝이는 눈물방울을 두 눈에 가득 머금은 채 문 밖으로 도망치듯 뛰어 내려갔다.

길가에서 걸음을 멈춘 그녀가 천천히 간판을 읽어내려 갔다.

'마담 소프로니 헤어용품 일체.' 그녀는 단숨에 계단을 올라가 헉 헉 숨을 몰아쉬며 마음을 가라앉혔다. 덩치가 크고 지나치게 얼 굴이 파리하며 냉랭한 인상의 마담은 아무리 봐도 '소프로니'라 는 이름과는 어울리지 않았다.

"제 머리카락을 사주시겠어요?"

델라가 물었다.

"물론이죠. 모자를 벗고 머리카락을 좀 봅시다."

갈색 폭포수가 잔잔한 물결을 일으키며 떨어졌다.

"20달러 드리죠."

익숙한 솜씨로 머리채를 들어올리며 마담이 말하자 델라가 채 근했다.

"어서 잘라 주세요."

그로부터 두 시간은 장밋빛 날개를 탄 듯이 지나가 버렸다. 그 녀는 짐에게 줄 선물을 찾아 상점들을 온통 휘젓고 다녔다. 그러 다가 마침내 선물을 찾아냈다. 그것은 오로지 짐만을 위해 만들 어진 것이었다. 세상 어디에도 그런 물건은 없었다. 델라는 상점 이라는 상점은 모조리 둘러봤던 것이다. 그것은 디자인이 산뜻 하고 우아한 백금 시계줄이었는데 장식 때문이 아니라 품질만으로도 진가가 돋보이는 물건이었다. 그 시계줄은 짐의 시계에 잘 어울릴 것 같았다.

그것을 보는 순간 그녀는 이것이야말로 짐의 것이라고 생각했다. 그것은 그녀가 존경하는 짐과도 같았다. 품위와 가치, 그야말로 짐과 시계줄 모두에 가장 어울리는 표현이었다.

그녀는 시계줄 값으로 21달러를 지불하고 남은 87센트를 들고 서둘러 집으로 돌아왔다. 짐의 시계에 이 줄을 매달면 남편은 이제 언제 어디서나 거리낌 없이 시계를 꺼내 볼 수 있을 것이다. 시계는 훌륭했지만 쇠줄 대신 다 낡아빠진 가죽 줄을 달고 있었던 탓에 남편은 남들 몰래 시계를 꺼내보곤 했던 것이다. 델라는 시계줄을 선물로 받아든 남편 얼굴을 상상하며 옅은 미소를 지었다.

집으로 돌아온 델라는 비로소 흥분을 가라앉히고 이성과 냉정을 다소 되찾았다. 그녀는 가스 불을 켜고는 스카프를 벗은 후 사랑과 관용 덕분에 엉망이 돼버린 자신의 머리를 손질하기 시작했다.

40분쯤 지나 델라의 머리는 촘촘한 곱슬머리로 변해 마치 수업을 빼먹은 개구쟁이 같은 모습이 되었다. 그녀는 거울에 미친 자신의 모습을 오랫동안 뚫어지게 쳐다봤다.

"짐이 이 머리를 보는 순간 뭐라고 얘기할까? 아마 코니아일랜드 합창단의 소녀 같다고 할 거야. 그렇지만 겨우 1달러87센트 가지고 어떻게 하란 말이야. 이 방법밖에 없었다는 것을 그가 이 해해줄 거야."

일곱 시가 되자 커피가 준비되었고 뜨거운 난로 위의 프라이 팬은 고기를 구울 만큼 달구어졌다.

짐은 늦는 법이 없었다. 델라는 시계줄을 반으로 접어 손에 쥔 채 문 옆 테이블 모서리에 앉아 있었다. 곧이어 계단을 걸어 올라오는 그의 발자국 소리를 들은 그녀는 순간 하얗게 질리고 말았다. 그녀에겐 아무리 사소한 일상일지라도 마음속으로 기도하는 습관이 있었는데 그 순간 그녀는 속삭였다.

"하느님, 제발 그이가 저를 여전히 예쁘다고 생각하게 해 주세요."

마침내 문이 열리고 그가 안으로 들어왔다. 그는 야윈 몸매에 몹시 성실해 보이는 사람이었다. 가엾게도 겨우 스물두 살인 그에게 가장이라는 무거운 짐을 지우다니! 그는 외투도 새로 장만해야 하고 장갑도 없었다. 집 안으로 들어온 짐은 꼼짝 않고 서 있었다. 그는 델라에게서 눈을 떼지 않았다. 그런 그의 눈에는 그녀가 읽을 수 없는 표정이 일었다.

그녀는 와락 겁이 났다. 그것은 노여움도 놀라움도 절망도 공

크리스마스 선물

포도 아니었으며 그녀가 예상했던 그 어떤 감정도 아니었다. 그는 그 묘한 표정을 띤 채 미동도 않고 그녀를 응시할 뿐이었다.

델라는 테이블에서 몸을 일으켜 그에게로 다가갔다.

"짐, 여보!"

그녀가 울먹였다.

"날 그렇게 보지 말아요. 자기에게 선물도 주지 않고 크리스마스를 보낼 순 없었어요. 그래서 머리를 잘라 판 거예요. 머리는 금세 자랄 거예요, 괜찮죠? 정말 이 방법밖엔 없었어요. 내 머린 얼마나 빨리 자라는지 몰라요. 이제 '메리 크리스마스!'라고 말해 봐요. 짐! 그리고 우리 즐겁게 지내요. 자기는 모를 거예요. 내가 얼마나 아름답고 멋진 선물을 샀는지."

"머리를 잘랐다고?"

도저히 믿을 수 없다는 표정으로 짐이 물었다.

"네, 잘라서 팔았어요."

델라가 대답했다.

"어쨌든 변함없이 나를 좋아할 거죠? 긴 머리채가 아니어도 난 여전히 나라고요. 안 그래요?"

짐은 무언가를 찾는 사람처럼 방안을 둘러보았다.

"머리카락은 셀 수 있을지 몰라도…

자기를 사랑하는 마음은 결코 셀 수 없어요"

"머리카락이 없어졌단 말이지?"

넋이 나간 표정으로 그가 말했다.

"찾을 필요 없어요. 팔아버렸다니까요. 이젠 없어요. 오늘은 크리스마스이브예요. 자기, 화내지 말아요. 그건 자기를 위해 판 거예요. 머리카락은 셀 수 있을지 몰라도…."

그녀는 다정다감한 목소리로 덧붙였다.

"자기를 사랑하는 마음은 결코 셀 수 없어요. 이제 고기를 구울까요, 짐?"

얼이 빠져 있던 짐이 갑자기 정신이 든 것 같았다. 그는 델라를 끌어안았다. 그러고는 외투 주머니에서 조그만 꾸러미 하나를 꺼내 탁자 위에 올려놓았다.

"오해하지 마, 델라."

그가 말했다.

"머리를 잘랐거나 면도로 밀었어도 당신에 대한 내 사랑은 변하지 않아. 어쨌든 그걸 풀어봐. 그럼 내가 왜 그렇게 놀랐는지 알게 될 테니까."

그녀의 하얀 손가락이 재빨리 끈을 풀고 종이를 펼쳤다. 그리고 황홀한 기쁨의 탄성이 터져 나왔다. 아아! 그 탄성은 이내 날

크리스마스 선물

카로운 통곡과 눈물로 변했고 짐은 혼신의 힘을 다해 그녀를 달래야 했다. 짐의 선물은 바로 빗이었다. 델라가 오랫동안 브로드웨이의 쇼윈도에서 바라만 보던 옆머리 빗과 뒷머리 빗 한 세트, 거북이 등껍질에 반짝이는 보석이 박힌 선물은 지금은 사라지고 없는 그녀의 아름다운 머리채와 잘 어울리는 빗이었다.

너무도 비싼 물건이어서 그것을 가진다는 것은 꿈도 꾸지 못하고 마음속으로만 그려보던 빗이었다. 하지만 지금은 그 빗이 그녀의 것이 되었지만 그것으로 장식할 머리채는 간 곳이 없었다. 빗을 가슴에 끌어안은 델라는 눈물이 그렁그렁한 눈을 들어 애써 웃어보였다. 그리고는 밝은 목소리로 말했다.

"내 머리카락은 금세 자라요, 짐!"

다음 순간 델라는 깜짝 놀란 고양이처럼 팔짝 뛰어오르며 외쳤다.

"어머나, 어머나."

짐은 아직도 자신의 아름다운 선물을 보지 못한 것이다. 델라는 선물을 쥔 손을 그에게 펴보였다. 그녀의 손바닥 위에 있는 시계줄은 그녀의 순수하고 정열적인 가슴을 대변하듯 반짝거렸다.

"근사하지 않아요, 짐. 이걸 찾느라 온 시내를 뒤지고 다녔다고요. 이젠 당신의 멋진 시계를 떳떳하게 내보이며 다녀도 돼요.

시계를 이리 주세요. 이 줄이 시계에 얼마나 잘 어울리는지 정말 보고 싶어."

그러나 짐은 침대에 벌렁 드러누워 팔베개를 한 채 빙그레 웃을 뿐이었다.

"델라!"

그가 말했다.

"우리 크리스마스 선물은 당분간 잘 간직해 두도록 해야겠어. 너무나 근사해서 당장은 쓸 수가 없을 것 같군. 빗 살 돈을 마련하느라 시계를 팔았거든. 자, 이제 고기나 굽자고."

여러분도 알다시피 말구유의 아기 예수에게 선물을 들고 온 동방박사들은 참으로 현명한 사람들이었다. 그들이 크리스마스에 선물을 주고받는 풍습을 고안해냈던 것이다. 그들이 현명한만큼 그들의 선물도 틀림없이 현명했으며, 선물이 중복될 경우바꿀 수 있는 특권도 부여했을 것이다.

그런데 나는, 상대방을 위해서 자신의 가장 소중한 보물을 가장 현명하지 못한 방법으로 없애버린, 어리석고 미숙한 두 사람의 이야기를 들려주었다. 오늘을 사는 사람들에게 가장 훌륭한 선물이 무엇인가를 말해주고 싶었기 때문이다. 크리스마스에 선

크리스마스 선물

물을 주고받는 세상의 모든 사람들 중에서 이들만큼 현명한 사람은 또 없을 것이다. 이들이야말로 가장 현명한 동방의 박사들이 아닐까?

낙원에 들른 손님

뉴욕시 브로드웨이에는 피서지 전문 가이드에게도 아직 알려지지 않은 호텔 하나가 있다. 호텔 내부는 안이 깊숙하고 넓으며, 방들은 보기만 해도 시원한 느낌이 드는 거무스름한 참나무로 장식되어 있다. 인공의 산들바람과 함께 짙은 초록색 관목이 우거져 있어 애써 애디론댁 산맥 뉴욕 주 북동쪽에 있는 산맥을 찾아가지 않아도 얼마든지 상쾌한 기분을 느낄 수 있는 곳이다. 놋쇠 단추가 달린 제복을 입은 가이드의 안내를 받으며 널찍한 층계를 올라가다보면, 마치 알프스에 오른 듯한 착각이 들기도 한다.

　이곳 주방의 요리사는 화이트 마운틴 미국 뉴햄프셔 주에 있는 산맥에서도 맛볼 수 없는 송어, 올드 포인트 캄퍼트(미국 버지니아 주에 있는 관광지)를 무색케 할 바다의 신미, 그리고 수렵 감시인의 딱딱한 마음도 녹여버릴 메인 주의 사슴고기를 요리할 줄 안다.

사막처럼 푹푹 찌는 7월의 맨해튼에서 이런 오아시스를 찾아낸 사람은 지금까지 극소수에 불과하다. 우아한 식당의 조명 아래 안락한 소파 위에 앉아, 눈같이 흰 식탁보가 깔려 있는 텅 빈 테이블 너머로 눈인사를 나눌 수 있다면 당신은 행운아라고 할 수 있다.

이 호텔에서는 주의 깊고 바람처럼 재빠른 웨이터들이 손님 근처에서 서성거리다가 손님이 말을 채 꺼내기도 전에 알아서 시중을 들어준다. 실내 온도는 언제나 산속 수도원 같이 서늘하다. 천장에는 여름 하늘에 구름이 둥둥 떠도는 풍경을 수채화로 그려 놓았는데, 그 구름은 아쉬움을 남기며 사라져 버리는 진짜 구름과는 달리 영원히 사라지지 않을 것처럼 보인다.

이 행복한 손님들에게는 멀리서 이따금씩 들려오는 브로드웨이의 소음조차 마치 한 줄기 폭포수가 시원하게 숲속으로 떨어져 내리는 소리로 들렸다. 낯선 발걸음 소리가 들릴 때마다 그들은 혹시라도 이 깊숙한 대자연의 휴식을 방해 받지 않을까 하는

우아한 식당의 조명 아래 안락한 소파 위에 앉아,

눈같이 흰 식탁보가 깔려 있는 텅 빈 테이블 너머로

눈인사를 나눌 수 있다면…

두려움으로 귀를 기울이곤 한다.

그리하여 무더운 한여름이 되면, 이 한적한 호텔에 기품 있고 우아한 손님들 몇 명이 몰래 몸을 숨기고 들어와 인공이 제공하는 산과 바다의 기쁨을 최대한 만끽하는 것이다.

7월 어느 날, 손님 한 사람이 이 호텔에 찾아와서는 '마담 E. 다르시 보몽'이라는 이름의 명함을 호텔 직원에게 내밀며 숙박부에 기입하라고 했다.

마담 보몽은 이 로우터스 호텔이 좋아하는 타입의 손님이었다. 그녀는 우아한 용모에, 상류 사회의 세련된 매너까지 갖추어 호텔 종업원들의 시선을 한 눈에 사로잡았다. 그녀가 벨을 누르면 종업원들은 그녀를 시중들기 위해 서로의 눈치를 살피기 바빴다. 다른 손님들 역시 그녀가 이 호텔의 수준을 한 층 드높여 주는 기품 있고 고상한 손님이라고 생각하고 있었다.

그런데 이 귀하고 귀한 손님은 좀처럼 호텔 바깥으로 나가는 법이 없었다. 그 쾌적한 호텔을 즐기기 위해서는 도시가 수십 리나 멀리 떨어져 있는 것처럼 생각해야 한다. 밤에는 근처 옥상이나 잠시 다녀오고, 찌는 듯 더운 한낮에는 송어가 웅덩이 속 맑은 안식처에 자리를 잡고 노닐듯이 로우터스 호텔의 그늘진 요새에

낙원에 든른 손님

틀어박혀 있었다.

보몽 부인은 비록 이 로우터스 호텔에 혼자서 두숙하고 있었지만, 여왕과도 같은 지위를 누리고 있었다. 그녀가 외롭게 보인다면 그것은 오직 여왕이라는 높은 신분에서 오는 게 틀림없다. 그녀는 매일 아침 열시쯤 여유롭게 브런치를 즐겼다. 한가로운 시간을 즐기는 그녀의 우아한 모습은 마치 석양이 질 무렵 피어나는 재스민 꽃처럼 어스름한 가운데 부드럽게 빛났다.

그러나 보몽 부인의 광채가 절정에 이르는 것은 저녁식사 때였다. 그녀는 깊은 산골짜기 속, 눈에 보이지도 않고 쏟아져 내리는 폭포수의 물보라처럼 아름답고 환상적인 이브닝 가운을 입었다. 레이스로 곱게 장식된 앞가슴에는 연분홍색 장미가 꽂혀 있었다. 그 가운의 이름이 무엇인지 나로서는 알 길이 없었다. 호텔의 수석 가이드도 그 가운을 존경의 눈으로 바라보고 문 밖까지 달려와 영접해 마지않았다. 그 가운을 보면 프랑스의 파리, 신비스러운 백작 부인들, 그리고 베르사이유, 결투용 칼, 여배우 피스크 씨 부인과의 카드놀이 등을 연상케 했다.

보몽 부인은 이 나라 저 나라를 자주 드나드는 귀부인으로, 그 희고 가냘픈 손으로 러시아를 위해 여러 나라 사이에서 어떤 끄

나풀을 조종하고 있다는 소문이 로우터스 호텔에서 나돌았다.

보몽 부인이 이 호텔에 투숙한 지 사흘째 되던 날, 어느 젊은 남자 한 사람이 호텔에 조용히 들어왔다. 흔히 사람들을 평가하는 순서로 말한다면, 우선 그의 옷차림은 나름대로 유행을 따른 것이었고, 그의 용모는 핸섬하고 깨끗했으며, 그의 표정은 세상 물정을 아는 듯 균형이 잡혔고 세련됐다. 그는 호텔 직원에게 사흘간 묵겠노라고 하면서 유럽행 기선의 출항에 관해 물었다. 그리고는 마음에 드는 호텔에 투숙한 여행자의 흡족한 모습으로, 비할 데 없이 훌륭한 이 호텔의 행복한 고요 속에 파묻혀 버렸다.

그 젊은이의 이름은 숙박부에 적힌 그대로 믿는다면 헤럴드 패링턴이었다. 그는 이 로우터스 호텔의 독특하고 고요한 생활 속으로 소리 없이 들어왔다. 그래서 휴식을 하는 다른 투숙객들을 조금도 동요시키지 않았다. 그는 마치 신화 속의 이야기처럼 세상사를 잊고 운 좋은 다른 항해자들과 함께 무한한 평화 속에 잠겨들었다. 하루 만에 자기 전용 식탁과 웨이터를 가질 정도로 호텔직원의 존경을 받게 됐다. 그 역시 브로드웨이 거리를 무덥게 만들며 휴식처를 갈망하고 있는 사람들이 이 안식처에 뛰어들어 엉망으로 만들지나 않을까 하는 걱정까지 할 정도였다.

낙원에 들른 손님

해럴드 패링턴 씨가 도착한 지 이틀 되는 날의 일이다. 저녁식사를 마친 보몽 부인은 식당에서 나가다가 그만 손수건을 떨어뜨렸다. 패링턴 씨가 그 손수건을 주워 그녀에게 돌려주었다.

어쩌면 이 호텔에 투숙한 격조 높은 두 손님 사이에는 서로 어떤 신비스런 감정의 끌림이 있었던 것 같다. 브로드웨이의 한 호텔에서 완전한 피서지를 발견했다는 그 공통적인 행운으로 인해 이들 두 손님은 격식에서 크게 벗어나지 않는 말들을 서로 주고받았다. 그리고 산이나 바다 같은 자연 피서지의 편리한 분위기에서 만난 사람들처럼, 이들 사이에는 우정이라는 신비로운 싹이 트더니 곧 꽃을 피우고 열매를 맺었다. 그들은 복도 끝에 있는 발코니에 서서 가벼운 대화를 주고받았다.

"늘 가던 피서지는 이제 진절머리가 나요."

보몽 부인이 옅은 미소를 지으며 말했다.

"소음과 먼지를 피해 산이나 바다로 가 봤자 무슨 소용이 있겠어요. 그것들을 만들어 내는 사람들이 곧 뒤쫓아 따라오는 걸요."

"넓은 바다에까지 속물들이 뒤쫓아 오지요."

패링턴이 약간 슬픈 음색으로 맞장구를 쳤다.

"아무리 호화로운 여객선도 이젠 나룻배와 다름없어요. 이 로

이들 사이에는 우정이라는 신비로운 싹이 트더니

곧 꽃을 피우고 열매를 맺었다.

우터스 호텔이 사우전드 섬이나 매키노(미국 5대호 근방에 있는 섬)보다 브로드웨이에서 훨씬 더 멀리 떨어져 있다는 느낌을 준다는 걸 피서객들이 눈치 채는 날이면, 맙소사, 우리는 끝장입니다."

"아무튼 우리들이 누리고 있는 이 아늑한 호텔에 그들이 몰려오는 날이면… 여름을 이처럼 쾌적하게 보낼 만한 곳은 딱 한 군데밖에 없습니다. 그곳은 우랄 산맥에 있는 폴린스키 백작의 성이지요."

"바덴바덴과 칸(프랑스 남동부 지중해에 자리 잡고 있는 휴양도시)도 이번 여름에는 좀 한산하다지요. 오래된 옛 피서지들은 해마다 인기가 줄어드는 것 같습니다. 다른 사람들도 우리처럼, 보통사람이 찾아내지 못한 조용하고 구석진 피서지를 찾는 모양이에요."

"저는 이 쾌적한 휴식을 앞으로 사흘만 더 누릴 생각이에요."

보몽 부인이 말했다.

"월요일에는 세드릭 호가 출항하거든요."

헤럴드 패링턴의 눈에 아쉬움의 빛이 감돌다 사라졌다.

"저도 월요일에 떠납니다. 마담처럼 외국에 나가는 것은 아니지만요."

마담 보몽은 외국 제스처로 둥근 어깨 한쪽을 움츠렸다.

낙원에 들른 손님

"그렇죠. 이곳이 매력적이긴 하지만, 언제까지나 이곳에 숨어 있을 순 없으니까요."

그녀가 덧붙였다.

"그 성에서는 벌써 한 달 이상이나 저를 맞이할 준비를 하고 있답니다. 꼭 치러야 할 파티가 여러 개 있는데 정말 지겨워요. 하지만 이 호텔에서 보낸 일주일은 영원히 잊을 수 없을 거예요."

"저 또한 그럴 것 같습니다."

패링턴이 나지막한 소리로 말했다.

"그리고 마담을 떠나게 만든 세드릭 호도 용서하지 못할 겁니다."

사흘이 지난 일요일 저녁, 두 사람은 전처럼 발코니의 조그만 식탁에 앉아 있었다. 친절한 웨이터 하나가 얼음과 붉은 포도주가 담긴 술잔을 갖고 왔다.

보몽 부인은 매일 저녁식사 때 입었던 그 아름다운 이브닝드레스를 입고 있었다. 그녀는 무언가 골똘히 생각하고 있는 것 같았다. 식탁에 얹어 놓은 그녀의 손 옆에는 조그만 부인용 지갑이 놓여 있었다. 그녀는 얼음이 담긴 포도주를 마신 후 지갑을 열고 1달러짜리 지폐 한 장을 꺼냈다.

"패링턴 선생님."

보몽 부인은 로우터스 호텔을 매혹시킨 그 미소를 지으며 말했다.

"드릴 말씀이 있어요. 저는 내일 아침 일찍 여기를 떠날 생각입니다. 제가 근무하는 직장으로 돌아가야 하거든요. 저는 케이지백화점 스타킹 매장에서 일하고 있는데, 내일 아침 여덟 시까지 휴가랍니다. 이게 제가 가진 마지막 돈이에요. 저는 이 휴가를 위해서 1년 동안 급료에서 떼어 저축을 해 왔습니다. 1년에 두 주일은 몰라도 한 주일만은 귀부인처럼 지내고 싶었어요. 아침마다 일곱 시에 잠자리에서 일어나는 대신, 일어나고 싶을 때 일어나고, 부자처럼 좋은 음식을 먹고, 남의 시중을 받으며 살아보고 싶었습니다. 이제 전 소원을 이뤘어요. 평생 가져 보고 싶었던 행복한 시간을 보냈으니까요."

보몽 부인은 잠시 말을 끊고 상대방의 반응을 살피더니 용기를 내어 말을 계속했다.

"패링턴 선생님, 선생님은 정말 신사답게 친절히 대해 주셨어요. 제… 제 생각에는 선생님께서 저를 좋아하신 것 같았고, 저… 저 또한 선생님을 좋아했기에 이 모든 걸 말씀 드리고 싶었어요. 하지만 전 선생님을 속이지 않을 수 없었네요. 이 모든 현실이 저에게는 동화 같았기 때문입니다. 그래서 유럽에 관한 이야기와

낙원에 들른 손님

책에서 읽은 외국 이야기를 해 대며 선생님에게 제가 정말 귀부인으로 생각하시도록 했던 거예요. 제가 지금 입고 있는 이 드레스도 입을 만한 것이라고는 고작 이것뿐인데, 여기 오기 위해 오우도드 & 레빈스키 상점에서 할부로 구입했던 겁니다. 75달러나되는데 일일이 치수를 재 맞추었고요. 10달러를 현금으로, 나머지는 수금원이 찾아오면 매주 1달러씩 주급에서 지불하기로 했습니다. 패링턴 선생님, 이것이 제가 드리고 싶었던 말씀이에요. 그리고 참, 한 가지, 제 이름은 마담 보퐁이 아니라 에미 스미스랍니다. 그 동안 보살펴 주셔서 고마웠습니다. 마지막 남은 이 1달러는 내일 지불할 드레스 대금입니다. 그럼 이만 제 방으로 가봐야겠네요."

헤럴드 패링턴은 로우터스 호텔의 가장 아름다운 손님이 자신에게 털어놓은 놀라운 이야기를 태연하게 듣고 있었다. 그녀가이야기를 마치자, 그는 미리 준비라도 한 듯 웃옷 주머니에서 작은 수첩 하나를 꺼냈다. 그리고는 백지에 연필 토막으로 무엇인가를 적더니, 그 쪽지를 찢어서 마당 보퐁에게 건네주고는 1달러짜리 지폐를 집어 들었다.

"저도 내일 아침 일찍 출근해야 합니다. 휴가 중이지만 업무는 처리해야겠네요. 방금 드린 것은 1달러 할부금 영수증입니다. 저는 3년 전부터 오우도드 & 레빈스키 상점에서 수금원으로 일하고 있습니다. 지난주 잔금을 받으려고 백화점으로 찾아갔다 허탕을 쳤는데 고맙게도 여기서 받게 되는군요!"

순간, 에미 스미스의 얼굴에 당황스럽고 복잡한 표정이 스쳤다. 에미의 얼굴을 물끄러미 쳐다보던 패링턴이 천연덕스럽게 말했다.

"놀랍지 않습니까? 당신이나 나나 휴가를 보내는데 똑같은 생각을 했다니…. 실은 저도 늘 멋진 호텔에 한 번 투숙해 보고 싶었습니다. 그래서 제 주급 20달러에서 조금씩 저축을 해서 여기에 온 겁니다. 자, 에미 씨, 이것도 인연인데, 돌아오는 토요일 밤 함께 배를 타고 코니아일랜드(뉴욕의 놀이공원)로 놀러 가지 않겠습니까?"

가짜 마담 E. 다르시 보몽의 얼굴이 다시 밝아졌다.

"어머나, 패링턴 씨, 꼭 가겠어요. 토요일은 정오에 매장을 닫거든요. 지난 일주일 동안은 여기서 상류사회 사람처럼 호화롭게 지냈지만, 코니아일랜드도 좋은 것 같군요."

호텔의 발코니 아래에서 7월 밤의 찌는 듯한 시내 도로가 시끄러운 소리를 내기 시작했다. 로우터스 호텔 안에서는 알맞게 서

낙원에 든 손님

늘한 그늘이 깊이 드리워져 있었다. 눈치 빠른 웨이터가 고개만 끄덕여도 언제라도 마담의 시중을 들듯 창가에서 서성거렸다.

엘리베이터 문에서 패링턴은 보몽 부인과 작별 인사를 했다. 조용히 미끄러져 오는 새장처럼 생긴 엘리베이터에 도착하기 전에 그가 나지막이 말했다.

"이제 헤럴드 패링턴이라는 이름은 잊어 주시기 바랍니다. 내 이름은 제임스 맥도널드이니까요. 사람들은 저를 지미라고 부릅니다."

에미 스미스가 예의 옅은 미소를 지었다.

"굿나잇, 지미 씨."

물레방아가 있는 교회

    유명 피서지 안내서에는 레이크랜드가 수록되어 있지 않다.
레이크랜드는 클린치 강의 좁은 지류에 맞닿은 컴벌랜드 산맥의
야트막한 언덕에 자리 잡고 있었다.

    원래 이곳은 한적한 철도 연변에 있는 평화로운 마을이었다.
스무 채 가량의 집들이 옹기종기 모여 있는 이 마을은, 어찌 보면
솔밭에서 길을 잃은 기차가 외롭고 무서운 나머지 이곳으로 달
려온 것 같았다. 혹은 길을 잃고 미아가 된 레이크랜드가 철도변
에 쪼그리고 앉아 집까지 데려다 줄 기차를 기다리는 모습 같기
도 했다.

    그런데 생각해보면, 이곳을 레이크랜드라고 부르게 된 까닭도

물레방아가 있는 교회

의문이다. 아무리 찾아봐도 주변에 호수는 없고 땅도 비옥하지 않아 그다지 값있게 보이지가 않기 때문이다. 그럴싸한 것이라면 '독수리의 집'이라는 이름을 가진 낡은 저택 한 채가 있다. 마을에서 800미터쯤 떨어진 곳에 있는 이 저택은 조사이어 랭킨이 경영하고 있다. 저렴한 비용으로 큼직하고 드넓은 공간에서 신선한 공기를 마음껏 마실 수 있어 사람들이 자주 찾는 휴양지다. 이 독수리 집은 관리가 잘 되어있지 않았는데, 오히려 그것이 사람들의 마음을 끌었다. 저택에 들어서면 현대적인 것과는 거리가 먼 온갖 옛날 물건들로 가득 차 있는데, 여느 가정집처럼 적당히 흐트러지고 어질러져 있어 고향집에 온 것처럼 마음이 편안했다. 그럼에도 각각의 방들은 늘 깨끗하게 치워져 있었고 음식도 풍성했다. 손님들은 원시림 솔밭에서 즐기기만 하면 그만이었다. 자연 속에서 약수를 마시고 포도덩굴 그네를 타거나 크로케(잔디밭에 조그만 쇠문을 여섯 개 세워 그 사이로 나무 공을 쳐서 통과시키는 게임)를 할 수 있었다. 크로케의 쇠문도 여기서는 나무 막대기로 만들어놓았다. 짜여진 프로그램이라고는 일주일에 두 번 통나무 별관에서 열리는 바이올린과 기타 연주회가 고작이다.

　독수리의 집 단골손님들은 단지 즐기기 위해서가 아니라 휴식이 필요해 기꺼이 찾아오는 사람들이었다. 그들은 쉬지 않고 돌기 위해서 끊임없이 태엽을 감아야 하는 시계처럼, 1년 내내 바쁜 사람들이었다.

그중에는 산 아래 읍내마을에서 올라오는 학생도 있었고 간혹 예술가들도 있었으며, 산의 지층을 조사하려는 지질학자도 있었다. 여름휴가를 이곳에서 보내는 가족들도 있었고, 레이크랜드에서는 선생님으로 통하는 천주교 부인단체 회원들도 피서를 즐기기 위해 이곳을 찾았다.

독수리의 집에서 400미터 쯤 떨어진 곳에는 손님들에게 자신 있게 추천할 만한 '명소'가 하나 있었다. 그것은 오래된 물레방앗간으로 지금은 버려진 곳이다. 조사이어 랭킨의 말에 따르면 그곳은 미국에서 단 하나뿐인 물레방아가 있는 교회이고, 세계에서 단 하나뿐인 의자와 파이프오르간이 있는 물레방앗간'이다. 독수리의 집에 드나드는 손님은 주일마다 이곳 물레방앗간에서 목사님의 설교를 들을 수 있다. 목사님은 죄를 고해하고 용서받은 신자들은 경험과 고통이라는 절구에 빻아진 쓸모 있는 밀가루와 같다고 설교한다.

그리고 매년 초가을이 되면 에이브럼 스트롱이라는 사람이 독수리의 집에 찾아와 그 마을 사람들의 존경과 사랑을 한 몸에 받으며 한동안 묵고 간다. 레이크랜즈에서는 모두들 그를 '에이브럼 신부님'이라고 부른다. 숱 많은 하얀 머리카락, 신사적이면서도 부드러운 미소를 머금은 얼굴, 게다가 늘 입고 다니는 검은색 옷과 넓은 차양의 모자가 신부를 닮았기 때문이다. 새로 온 손님도 며칠만 그와 함께 있으면 금방 친해져서 그를 '에이브럼 신부님'이라고 부르게 된다.

에이브럼 신부는 멀리서 일부러 이곳 레이크랜즈를 찾아온다. 그는 북서부의 어느 활기찬 도시에 살고 있는데 그곳에는 그가 평생 피땀 흘려 마련한 제분공장이 있다. 그곳 제분공장은 독수리의 집처럼 의자와 파이프오르간이 있는 방앗간이 아니라 다람쥐가 쳇바퀴 돌듯 화물열차가 하루 종일 드나드는 산더미처럼 큰 제분공장이다.

레이크랜즈의 물레방앗간이 교회로 바뀌기 전 그곳은 폐가나 다름없었는데 그 물레방앗간의 주인이 바로 스트롱 씨였다. 그 시절 그 지방에서 스트롱 씨만큼 온 몸에 밀가루를 뒤집어쓰고도 행복해 하는 사람은 없었다. 그는 방앗간과 길 하나를 사이에 둔 조그만 오두막집에서 살았다. 그의 방앗간에는 늘

아침부터 저녁까지 콧노래를 부른다네

애지중지 딸 생각에 일마저도 신이 나네

손님들로 분주했다. 일하는 솜씨는 서툴렀지만 방아품삯이 싸고 주인의 서글서글한 인상 때문에 산에 사는 사람들도 몇 마일이나 되는 바윗길을 넘어서 그의 방앗간으로 곡식을 날라오곤 했다.

그가 매일 고된 일을 하면서도 즐겁게 생활할 수 있었던 것은 바로 어린 딸 아글레이아 때문이었다. 아장아장 겨우 걸음마를 뗀 노란 머리칼의 어린아이 이름치고는 너무 거창하지만 산에 사는 사람들은 이처럼 근엄하고 우렁찬 이름을 좋아한다. 빛의 여신을 뜻하는 아글레이아라는 이름은 그의 아내가 책을 읽다가 발견해 딸에게 붙여준 이름이었다.

그런데 막상 그의 어린 딸은 아글레이아는 이름보다는 덤즈라는 이름으로 불리기를 좋아했다. 방앗간 주인과 그의 아내는 몇 번이나 딸을 구슬리고 달래면서 덤즈라는 괴상한 이름이 어떻게 나왔는지 알아내려고 했지만 도무지 알 수 없었다.

조그마한 뒤꼍뜰에는 로더덴드론(진달래과 식물)이 자라는 꽃밭이 있었다. 어린 딸은 특히 그 꽃을 좋아했다. 그리하여 그들 부부는 '덤즈'라는 이름이 로더덴드론 꽃과 뭔가 연관이 있을 것이라고 짐작했다.

아글레이아가 네 살이 되었을 무렵, 날마다 오후가 되면 물레 방앗간에서 딸과 아버지가 반복하는 일이 있었다. 저녁식사가 준비되면 어머니는 딸의 머리를 정성껏 빗겨주고 깨끗한 앞치마를 입혀서 방앗간으로 아빠를 마중하러 보내곤 했다.

방앗간 주인은 딸의 모습이 보이면 밀가루를 뒤집어써서 온통 하얗게 된 채 이 지방에서 예부터 전해 내려오는 방아꾼의 노래를 불렀다.

물레방아 돌아가면
밀가루가 빻아지네
밀가루를 덮어써도
방아꾼은 즐겁다네
아침부터 저녁까지
콧노래를 부른다네
애지중지 딸 생각에
일하는 것도 신이 나네.

그러면 아글레이아가 웃으며 달려와 소리쳤다.

"아빠, 덤즈를 집에 데려다 줘."

그러면 그는 덥석 딸을 안아 어깨에 얹고는 방아꾼의 노래를 부르며 위풍당당하게 집으로 향했다. 날마다 저녁이면 어김없이 되풀이되는 일이었다.

그런데 아글레이아가 네 번째 생일을 맞이한 지 일주일이 지난 어느 날 소녀의 모습이 갑자기 보이지 않았다. 아이가 집 앞에서 들꽃을 따던 게 마지막 모습이었다. 얼마 뒤 너무 멀리 가지 말라고 주의를 주기 위해 어머니가 집 밖으로 나왔을 때 이미 딸은 보이지 않았다.

애끓은 부모는 아글레이아를 찾기 위해 백방으로 뛰어다녔다. 이웃 사람들과 함께 몇 마일 밖까지 뻗어 있는 숲과 산속을 샅샅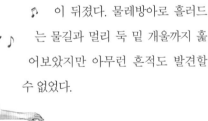이 뒤졌다. 물레방아로 흘러드는 물길과 멀리 둑 밑 개울까지 훑어보았지만 아무런 흔적도 발견할 수 없었다.

물레방아가 있는 교회

며칠 전 가까운 숲속에서 집시 가족이 캠핑을 했다는 농부의 증언이 알려지면서 어쩌면 그들이 납치해 갔을지도 모른다는 소문이 마을 전체를 들썩이게 했다. 혹시 아이를 찾을 수 있을까 싶어 집시의 포장마차를 뒤쫓아 가보았지만 아글레이아의 흔적은 발견할 수 없었다.

방앗간 주인은 2년이나 더 방앗간을 지키며 기다렸지만 딸을 찾을 가망은 없어보였다. 실의에 빠진 부부는 북서부로 이사를 갔다. 부부는 억척같이 일해 커다란 제분공장을 세웠다. 하지만 스트롱 씨 부인은 딸을 잃은 마음의 상처를 끝내 이기지 못해 이사한 지 2년 만에 세상을 떠나고 말았다. 딸아이에 이어 사랑하는 아내까지 세상을 떠나자 스트롱 씨는 한동안 자포자기 상태가 되어 세상과 담을 쌓고 지냈다. 하지만 아내와 딸과 함께했던 지난날의 행복했던 기억은 그가 쌓아놓은 마음의 벽을 허물고 그에게 다시 일어설 수 있는 힘을 주었다. 시간이 흘러 그는 마침내 제분업이 번창하던 그 도시에서 가장 크고 현대적인 제분공장을 소유하게 되었다.

사업이 번창하고 생활이 넉넉해지자 에이브럼 스트롱 씨는 다시 레이크랜즈에 있는 옛날의 물레방앗간을 찾았다. 방앗간을 둘러보며 가슴 아픈 추억이 밀려왔지만 의지가 강한 그는 곧 명랑하고 친절한 본래의 낯빛으로 돌아왔다. 해묵은 이 방앗간을 교회로 개조할 생각을 한 것도 바로 그때였다. 사방 20마일 안에는 교회가 하나도 없었던 것이다. 하지만 레이크랜즈 사람들은 몹시 가난해 교회를 세울 여력이 없었다. 그보다 더 가난한 산골 마을 사람들 역시 도와줄 수 없었다.

그는 가능한 한 물레방앗간의 모습을 바꾸지 않으면서 교회로 만들 생각을 했다. 방아를 찧게 해주던 커다란 물레바퀴도 그대로 남겨두기로 했다. 방앗간을 찾아온 젊은이들이 썩어서 물컹해진 물레바퀴의 나무에 자신의 이름과 사랑의 흔적을 새겨 놓았기 때문이다. 둑의 일부도 허물어져서 깨끗하고 맑은 산골짜기의 물이 잔잔한 파도를 일으키며 바위 위로 흘러내렸다.

하지만 방앗간의 내부는 많이 바뀌었다. 방아굴대, 방아확, 벨트, 도르래 등은 모두 치워버렸다. 대신 가운데 통로를 사이에 두고 의자를 두 줄로 놓고, 그 안쪽은 한단을 높여서 설교대를 만들었다. 2층에도 발코니같은 공간을 마련해 의자를 놓고 내부에서 계단을 통해 올라가도록 했다. 그리고 2층 한쪽에는 '진짜' 파이프오르간을 들여놓았다. 이 오르간은 '옛 물레방앗간 교회'를 아끼는 사람들의 가장 큰 자랑거리가 되었다. 오르간의 반주는 피비 서머즈 양이 맡았는데 레이크랜즈의 소년들은 주일 예배를 하기 위해 한 사람씩 순서대로 돌아가면서 오르간의 공기 펌프질을 하는 일에 대단한 자부심을 가지고 있었다. 설교자는 배인브릿지 목사였는데 그는 주일마다 '다람쥐 계곡'에서 늙은 백마를 타고 어김없이 찾아왔다. 예배에 필요한 모든 비용은 에이브럼 스트롱 씨가 댔다. 설교자에게는 일 년에 500달러, 반주자에게는 200달러를 지불했다.

어린 아글레이아를 추모하기 위해 만들어진 옛 물레방앗간은 그녀가 살았던 마을 사람들을 축복하는 고마운 장소로 바뀌었다. 아글레이아의 짧은 생애가 다른 사람의 70 평생보다 더 큰 선행을 가져다준 셈이었다. 그런데 에이브럼 스트롱 씨는 한 가지 기념물을 더 만들었다.

북서부에 있는 그의 공장에서 '아글레이아표' 밀가루를 생산하기 시작한 것이다. 최상급 밀로 만든 밀가루였다. 사람들은 '아글레이아표' 밀가루의 가격이 두 가지라는 것을 알고 있었다. 하나는 최고 가격이고 또 하나는 무료였다.

사람들을 어려움에 빠뜨리는 각종 재해는 언제 어디서나 일어난다. 평생 살던 집에 불이 나서 오갈 데가 없어지기도 하고 뜻하지 않은 홍수나 태풍으로 전 재산을 잃기도 한다. 때로는 파업이나 기근이 발생할 수도 있다. 이런 재해로 고통을 당하는 사람들과 아픔을 함께하기 위해 '아글레이아표' 밀가루가 탄생한 것이다.

'아글레이아표' 밀가루는 재해 현장이라면 장소나 시간을 가리지 않고 실려가 무료로 배급됐다. 밀가루는 세심한 주의와 절차에 따라 아낌없이 제공되었고 굶주린 사람들에겐 단 한 푼도 받지 않았다. 도시의 빈민가에 화재가 일어나면 소방서장의 마차가 현장에 도착한 후 어김없이 '아글레이아표' 밀가루를 가득 실은 짐마차가 왔다. 사람들은 이 밀가루를 무척 반겼기 때문에 불이 나면 밀가루가 도착한 뒤에 소방차가 도착한다는 농담까지 심심찮게 나돌았다. 이것이 아글레이아를 기리는 에이브럼 스트롱 씨의 두 번째 기념물이었다.

아름다움만 추구하는 시인의 눈에는 이러한 행위가 매우 실리적으로 보일지도 모른다. 그러나 스트롱 씨는 하얀 밀가루가 사랑과 자선의 사명을 띠고 운반되는 것을 지켜보며 지금은 죽고 없는 사랑하는 딸의 영혼이 고통 받는 이웃과 이어지는 따뜻함에 무척 행복했다.

어느 해, 컴벌랜드 지방에 심한 흉년이 닥쳤다. 농작물이 수확도 하기 전에 말라죽었고 산사태까지 겹쳐 많은 인명 피해가 났다. 숲 속의 짐승도 줄어들어 사냥꾼들은 가족의 식량조차 구하지 못할 처지가 되었다. 특히 레이크랜즈 일대는 피해가 막심했다.

이 소식을 전해들은 에이브럼 스트롱 씨가 즉각 행동에 나섰다. 며칠 후 조그만 협궤기차가 레이크랜즈에 '아글레이아표 밀가루'를 내려놓기 시작했다. 그는 밀가루를 옛 물레방앗간 교회 2층에 쌓아놓고 교회에 오는 사람들은 누구나 각각 한 포대씩 가져가도록 했다.

그로부터 2주일 후 에이브럼 스트롱 씨는 여느 해와 마찬가지로 독수리의 집을 찾아와 다시 '에이브럼 신부'가 되었다. 그 해는 독수리의 집을 찾은 손님이 별로 없었다. 그 몇 안되는 손님 중에 로즈 체스터 양이 있었다. 체스터는 애틀랜타의 한 백화점에서 일하는 아가씨였다. 그녀가 난생 처음 자유 시간을 얻어 휴가를 보내기 위해 찾은 곳이 바로 레이크랜즈였다. 백화점 지배인의 부인이 언젠가 이 '독수리의 집'에서 여름을 보냈는데 평소 로즈 체스터를 몹시 아꼈던 그녀가 3주 동안의 휴가를 보낼 만한 좋은 곳으로 레이크랜즈를 추천한 것이다. 게다가 지배인 부인은 체스터에게 랜킨 부인 앞으로 소개장을 써 주었다. 소개장을 받아든 랜킨 부인은 그 지역에 대한 가이드뿐만 아니라 그녀의 숙소 문제까지 기꺼이 해결해 주었다.

체스터는 그다지 건강이 좋은 편은 아니었다. 스무 살 안팎으로 보이는 체스터의 첫 인상은 늘 실내에서만 생활한 탓인지 창백하고 아파 보였다. 그러나 레이크랜즈에서 일주일을 보내면서 몰라보게 혈색이 좋아지고 기력도 회복했다. 9월 초였기 때문에 컴벌랜드 지방은 매우 아름다웠다. 산의 나무들은 단풍으로 물들었고 공기는 샴페인처럼 달콤했다. 밤에는 시원하다 못해 쌀쌀해서 '독수리 집'에 있는 푹신한 담요가 그리울 정도였다.

에이브럼 신부와 로즈 체스터는 금세 사이좋은 친구가 되었다. 제분공장의 늙은 주인은 랜킨 부인에게서 체스터의 형편을 전해 들었기 때문에 혼자서 꿋꿋하게 살아가고 있는 이 연약하고 외로운 처녀에게 자연스럽게 관심을 갖게 되었다.

체스터는 산에서 생활하는 게 처음이었다. 지금까지 줄곧 남부의 평야지대인 애틀랜타 시에서 생활해 왔으므로 컴벌랜드 지

물레방아가 있는 교회

방만이 갖고 있는 자연의 웅장함에 압도되었다. 병약한 그녀가 하루 종일 뛰어다녀도 숨이 차지 않는 맑은 공기와 광활한 풍광은 매일 다른 색깔로 그녀를 끌어당겼다.

체스터가 친구 겸 말벗으로 에이브럼 신부를 알게 된 것은 큰 행운이었다. 그는 레이크랜즈 부근 산속에 있는 계곡 어디에서나 봉우리까지 오르는 길을 알고 있었다. 덕분에 그녀는 솔밭 속 나무에 덮인 어두컴컴한 오솔길의 신비스런 아름다움과 자연 그대로 드러난 바위, 수정처럼 해맑은 상쾌한 아침 공기, 정적에 둘러싸인 나른한 오후를 마음껏 즐길 수 있었다.

레이크랜즈에 있는 동안 그녀의 건강은 차츰 회복되었고 마음도 그 어느 때보다 밝아졌다. 누구한테나 친절하게 대하는 에이브럼 신부의 밝은 웃음소리처럼 그녀 또한 상냥하고 따뜻했다. 두 사람 모두 타고난 낙천주의자였기에 온화하고 부드러운 얼굴로 사람들을 대하는 방법을 잘 알고 있었다.

어느 날 체스터는 그 마을 사람이라면 누구나 알고 있는 에이브럼 신부의 잃어버린 딸 이야기를 우연히 들었다. 서둘러 밖으로 나가보니 제분공장 주인은 약수터 옆에 있는 통나무 벤치에 앉아 있었다. 그곳은 그가 가장 좋아하는 장소였다. 그는 체스터 양이 자신의 손을 살며시 그의 손바닥 안으로 밀어 넣으며 눈물을 머금은 눈망울로 자기를 올려다보자 깜짝 놀랄 수밖에 없었다.

"에이브럼 신부님!"

그녀가 말했다.

"정말 안됐어요. 저는 신부님의 어린 따님에 대해 전혀 모르고 있었어요. 전혀요. 하지만 꼭 다시 찾으실 거예요. 아아, 정말 그렇게 된다면 얼마나 좋을까."

제분공장 주인은 어느새 밝은 미소를 머금었다. 그는 무릎을 꿇고 자신을 위로하고 있는 체스터 양의 출렁이는 머리칼을 가지런히 쓰다듬었다.

"고마워, 로즈 양. 하지만 아글레이아는 다시 찾지 못할 거야. 처음 몇 년 동안은 부랑자들에게 납치되어 아직 살아 있겠거니 생각했지만. 이제는 그 희망도 사라졌어. 아마 물에 빠져 죽었을지도 모르지."

"그렇게 생각하지 마세요. 그런 생각을 하면서 얼마나 마음이 아프셨을지 짐작이 가요. 그런데도 신부님은 언제나 쾌활하고 남의 어려움을 덜어주려고 하시니 정말 훌륭한 분이세요."

"로즈 양도 마찬가지야. 로즈 양만큼 연민의 정이 넘치는 사람은 아마 없을 거야."

갑자기 체스터 양은 장난기가 발동했다.

"저. 에이브럼 신부님! 만약 제가 신부님의 잃어버린 따님이라면 어떨까요? 정말 낭만적일 거야. 하지만 만약 그렇게 된다고 해도 신부님은 반갑지 않으시겠죠."

"아니, 아니야. 정말 그런 일이 일어난다면 난 기뻐서 어쩔 줄 모를 거야."

제분공장 주인은 정색을 하며 대답했다.

"만약 아글레이아가 살아 있다면 로즈 양처럼 귀여운 처녀로 컸으면 좋겠다고 생각했었지. 아니 어쩌면 로즈 양이 아글레이아일지도 모르지."

그녀의 농담에 장단을 맞추며 그가 말했다.

"혹시 우리가 물레방앗간에 살던 때 기억 안나?"

체스터는 이내 진지한 표정으로 생각에 잠겼다. 그녀의 커다란 눈동자가 먼 허공을 응시했다. 에이브럼 신부는 체스터가 갑자기 진지해지자 놀라지 않을 수 없었다. 한동안 그렇게 앉아 있던 그녀가 입을 열었다.

"아니요."

깊은 한숨과 함께 그녀는 겨우 입을 뗐다.

"물레방아에 대한 기억은 전혀 없어요. 신부님의 저 재미있는 교회를 보기 전까지 저는 물레방아를 한 번도 본 적이 없는 걸요. 만약 제가 신부님의 딸이라면 무언가 틀림없이 기억나는 게 있었을 거예요. 안 그래요? 정말 죄송해요. 신부님."

"나도 미안하군."

그가 달래는 듯한 어조로 말했다.

"하지만 로즈 양, 부모님에 대한 기억은 나겠지. 안 그래?"

"네 물론이에요. 특히 아버지에 대해서는요. 아버지는 신부님과 전혀 닮지 않았어요…. 자, 이제 많이 쉬셨죠? 오늘 오후에는 송어떼가 있는 연못에 데려다 주신다고 약속하셨잖아요? 전 아직 송어를 본 적이 없거든요."

그 후 어느 날 에이브럼 신부는 혼자 옛 물레방앗간을 찾아갔다. 그는 의자에 앉아 길 하나를 사이에 둔 맞은편 오두막집에 살 때를 떠올리고 있었다. 세월은 슬픔마저도 무디게 만들어 이제는 그 시절을 떠올려도 더 이상 고통스럽지 않았다. 그러나 슬픈 9월의 오후, 사랑하는 딸 덤즈가 노란 곱슬머리를 휘날리며 달려 들어오던 그곳에 스트롱 씨가 앉아 있을 때 그 옆을 지나는 레이크랜즈 사람들은 그의 얼굴에서 결코 미소를 보지 못했다.

그는 가파른 길을 천천히 걸어 올라갔다. 나무가 길 옆까지 무성하게 자라 그는 모자를 벗고 그늘 아래로 걸어갔다. 다람쥐 몇 마리가 오른쪽에 있는 해묵은 울타리 횃대 위를 오르내리고 있었다. 보리 그루터기 사이에선 메추라기가 새끼를 부르고 있었다. 나즈막이 기운 해가 서쪽으로 트인 계곡에 황금빛 햇살을 힘차게 내리 쏟고 있었다. 9월 초순! 며칠만 있으면 아글레이아가 사라진 날이 다가오고 있는 것이다.

산나무 덩굴에 절반쯤 덮인 낡은 물레방아는 나무 사이로 흘러내리는 따뜻한 햇살을 받아 얼룩진 모습을 드러냈다. 길 맞은 편의 오두막집은 그대로 있었지만 곧 닥쳐올 찬바람을 견뎌내지 못할 것 같았다. 나팔꽃과 야생 호리병박 덩굴이 온통 벽을 뒤덮었고 문짝도 경첩 하나에 기대어 간신히 붙어 있었다.

에이브럼 신부는 삐걱거리는 문을 밀고 조용히 안으로 들어갔다. 그러다 이상한 소리에 걸음을 멈추었다. 안에서 누군가 슬피 우는 소리가 들렸던 것이다. 가까이 가서 보니 체스터가 어두컴컴한 신자석 의자에 앉아 편지에 얼굴을 파묻은 채 울고 있었다. 에이브럼 신부가 다가가 그의 큰 손으로 그녀의 손을 가만히 얹었다. 고개를 든 그녀는 가냘픈 소리로 그의 이름을 중얼거리며 무슨 말인가 하려고 했다.

"아니야, 아니야. 로즈."

그가 부드럽게 가로막았다.

"지금은 아무 말도 하지 마. 슬플 때는 실컷 우는 게 최고야."

그는 자신도 깊은 슬픔을 겪었으므로 사람의 마음속에서 슬픔을 몰아내는 방법을 잘 알고 있었다. 체스터 양의 흐느낌이 차츰 가라앉았다. 곧 그녀는 아무런 장식도 없는 조그만 손수건을 꺼내어 에이브럼 신부의 손에 떨어진 자신의 눈물을 닦아냈다. 그리곤 얼굴을 들어 눈물을 가득 담은 채 생긋 미소를 지어 보였다.

체스터 양은 눈물이 마르기 전에 미소를 지을 줄 알았다. 그것은 에이브럼 신부가 슬픔 속에서도 웃는 얼굴을 보일 수 있는 것과 같았다. 그런 점에서 두 사람은 많이 닮았다.

그는 그녀에게 아무것도 묻지 않았다. 그러나 체스터 양은 자신의 사연을 털어놓기 시작했다. 그것은 젊은 사람들에게는 중요하고 큰 일이지만 나이든 사람에게는 잔잔한 회상의 미소를 불러일으킬 만한 흔한 이야기, 바로 사랑이야기였다.

몹시 착하고 부지런하며 따뜻한 마음씨를 지닌 청년이 애틀랜타에 살고 있었다. 그는 체스터가 애틀랜타에서 사는 어떤 여자보다, 아니 그린랜드에서부터 파타고니아에 이르기까지의 그 어떤 여자보다 더 뛰어나고 아름다운 성품을 지녔다는 것을 알고 있었다.

그녀는 눈물에 젖은 편지를 에이브럼 신부에게 보여주었다. 사랑에 빠진 이 세상의 평범하고 착한 청년들이 쓰는 여느 연애편지나 다름없이 다소 과장되고 열렬한데다 성급함이 엿보이는 편지였다. 그 편지에는 지금 당장 결혼해 달라는 내용이 구구절절이 적혀 있었다. 그녀가 휴가를 떠난 후 혼자 견디기가 너무 힘들다고 호소하고 있었다. 청혼에 대한 답장을 달라는 간청과 함께, 그 답장이 긍정적이라면 곧장 레이크랜즈로 달려오겠다는 내용이었다.

"그런데 대체 뭐가 문제지?"

편지를 다 읽고 난 후 그가 물었다.

"전 그 사람과 결혼할 수 없거든요."

그녀가 대답했다.

"이 청년과 결혼할 마음은 있는데도 말이지?"

날 믿고 얘기해요. 말하고 싶지 않다면

굳이 묻진 않겠지만 나에게 털어나도 돼요.

"네. 그이를 사랑해요. 하지만…."

그녀는 고개를 푹 숙이고 다시 흐느끼기 시작했다.

"자 로즈 양, 날 믿고 얘기해요. 말하고 싶지 않다면 굳이 묻진 않겠지만 나에게 털어놔도 돼요."

"전 신부님을 믿어요. 제가 왜 로크의 청혼을 거절해야 하는지 그 이유를 말씀드릴 게요. 저는 출신도 모르는 보잘것없는 여자 예요. 이름도 없어요. 로즈 체스터라는 이름도 가명이에요. 그런 데 로크는 훌륭한 집안 사람이거든요. 진심으로 로크를 사랑하지만 저는 그의 아내가 될 자격이 없어요."

"그게 무슨 말이야? 로즈 양은 부모님에 대해 기억하고 있다고 했잖아? 그런데 어째서 이름이 없다는 거지? 이해가 안 되는 걸."

"물론 알고 있죠. 부모님에 대해 생생하게 기억하고 있고 말고요. 맨 처음 기억은 남부의 어느 지방에서 살았던 때의 일이에요. 저희 가족은 한 군데 오래 머무른 적이 없어요. 늘 전보다 더 가난한 도시로 옮겨 다녔지요. 저는 어렸지만 목화도 따고 공장에서 일도 했어요. 먹을 것과 입을 것이 떨어진 적도 있었죠. 어머니는 잘해주실 때도 있었지만 아버지는 저를 자주 때렸어요. 우리가 애틀랜타 근처 강가의 조그만 마을에 살고 있었을 때 어느

물레방아가 있는 교회

날 부모님이 심하게 다투셨어요. 두 분이 마구 욕을 해댔는데 그때 전 알았어요. 아아, 에이브럼 신부님! 저는 그때 비로소 알았던 거예요. 저한테는 이름을 가질 권리마저 없다는 것을요. 그 분들은 제 친부모가 아니었고 저는 누구의 딸인지도 몰랐던 거지요. 그날 밤 집을 뛰쳐나왔어요. 애틀랜타까지 걸어가서 그곳에서 일자리를 구했어요. 그리곤 제 마음대로 로즈 체스터란 이름을 붙이고 그때부터 저 혼자 힘으로 지금까지 살아왔어요. 이제 제가 로크와 결혼할 수 없는 이유를 아시겠죠? 아아, 제가 어떻게 그에게 이런 얘기를 털어놓을 수 있겠어요."

이런 경우 동정이나 연민보다 더 효과적인 것은 그녀의 슬픔이 대수롭지 않다고 말해주는 것이다. 그래서 에이브럼 신부는 그 방법을 썼다.

"난 또 무슨 일이라고, 그게 다야?"

별것 아니라는 투로 신부가 말했다.

"나 참, 어이가 없어서. 무슨 굉장한 사연이라도 있는 줄 알았구먼. 만약 그 청년이 정말 훌륭한 사람이라면 로즈 양의 집안 형편 따위는 문제 삼지 않을 거야. 내 말을 잘 들어. 그 사람이 사랑하는 것은 바로 로즈 양이라고. 방금 내게 말했듯이 그에게도 솔직하게 고백하라고. 오히려 그것 때문에 로즈 양을 더 사랑하게 될 거야."

"아니요. 전 도저히 그렇게 할 수 없어요."

그녀는 슬픈 표정을 지으며 말했다.

"전 그 사람과, 아니 어느 누구와도 결혼하지 않겠어요. 저에게는 결혼할 자격이 없어요."

그때 햇살이 비치는 길을 흥겹게 걸어오는 긴 그림자 하나가 두 사람의 눈에 들어왔다. 그리고 그와 나란히 또 하나의 짧은 그림자가 깡충깡충 뛰어오는 것이 보였다. 두 그림자는 곧장 교회로 들어왔다. 그들이 가까이 다가왔을 때에야 비로소 큰 그림자는 피비 서머즈 양이고 작은 그림자는 열두 살짜리 꼬마 토미 티그라는 것을 알 수 있었다. 오늘은 토미가 피비 양을 위해 오르간에 공기 펌프질을 해주는 날이다. 토미의 맨발은 자랑스러운 듯 길바닥의 먼지를 차올리고 있었다.

라일락 무늬의 면 드레스에 귀 뒤로 돌돌 머리를 말아 올린 피비 양은 에이브럼 신부에게 무릎을 굽혀 공손히 인사를 한 다음, 체스터 양에게는 곱게 말아 올린 머리카락을 흔들며 의례적으로 가볍게 인사했다. 그리곤 소년과 함께 서둘러 오르간이 있는 2층으로 올라갔다.

　짙어가는 석양의 어스름 속에서 에이브럼 신부와 체스터 양은 자리를 뜨지 못한 채 그대로 앉아 있었다. 두 사람 모두 말이 없는 것으로 보아 각자 자신의 추억에 잠긴 것 같았다. 체스터 양은 턱을 괸 채 먼 곳을 응시하고 있었고 에이브럼 신부는 그 옆 걸상에 앉아서 문밖 저 편의 길과 허물어져가는 옛 오두막집을 물끄러미 바라보았다.

　같은 시각, 토미가 오르간에 공기 펌프질을 하는 동안 피비 양은 오르간에 공기가 충분히 찼는지 확인하기 위해 오르간의 저음 건반을 계속 누르고 있었다. 이 풍경은 에이브럼 신부를 20년 전으로 되돌아가게 했다. 이 조그만 목조 건물을 뒤흔들고 있는 깊은 진동음은 그에겐 오르간 소리가 아니라 낮게 웅웅 대는 물레방아 소리로 들렸던 것이다.

　분명히 옛날식 물레방아가 돌고 있다고 그는 생각했다. 옛날 산속의 물레방앗간에서 온통 밀가루를 뒤집어쓴 그 명랑한 방아꾼으로 되돌아간 기분이었다. 이미 저녁 때가 다가오고 있었다. 이제 조금 있으면 아글레이아가 아빠를 부르기 위해 노란 곱슬머리를 팔랑대며

저 길을 건너올 것이다. 에이브럼 신부의 시선은 오두막집의 부서진 문짝에 조용히 날아가 박혔다.

　그 순간 또 하나의 이상한 일이 일어났다. 2층에는 밀가루 부대가 높게 쌓여 있었는데 아마도 쥐가 부대에 구멍을 뚫었는지 크게 울려 퍼지는 오르간 소리의 진동 때문에 마룻바닥 틈새로 밀가루가 떨어졌다. 그 바람에 아래에 있던 에이브럼 신부는 머리끝부터 발끝까지 하얗게 돼 버린 것이다. 그러자 늙은 제분공장 주인은 통로로 나가서 두 팔을 흔들며 방아꾼의 노래를 부르기 시작했다.

物레방아 돌아가면
밀가루가 빻아지네.
밀가루를 덮어써도
방아꾼은 즐겁다네.

　그러자 그때 기적이 일어났다. 의자에서 몸을 일으킨 체스터 양이 밀가루처럼 새하얀 얼굴로 마치 꿈을 꾸듯 눈을 크게 뜨고 에이브럼 신부를 쳐다보았다. 그가 노래를 부르기 시작하자, 그녀는 두 팔을 그에게 내밀었다. 입술이 떨렸다. 꿈꾸듯 그녀가 말했다.

"아빠, 덤즈를 집에 데려다줘!"

피비 양은 오르간의 저음부에서 손을 뗐다. 그녀는 자기 역할을 훌륭하게 끝낸 것이다. 그녀가 친 오르간의 소리가 체스터의 닫혀 있던 기억의 문을 두드려 열어젖힌 것이다. 에이브럼 신부는 잃었던 아글레이아를 두 팔로 꼭 끌어안았다.

레이크랜즈를 찾는 사람들은 더 자세한 이야기를 들을 수 있을 것이다. 그곳에 가면 이 이야기의 다음이 어떻게 되었는지, 또 9월의 어느 날, 어떻게 해서 떠돌이 집시가 귀여운 덤즈를 데려갔는지를 들려줄 것이다.

그러나 나머지 자세한 이야기는 독수리 집의 나무 그늘 아래서 편안히 앉아 들을 때까지 기다리는 것이 좋을 것 같다. 피비 양의 힘찬 저음의 오르간 소리 여운이 아직 가시지 않을 때 이야기를 끝내는 게 나을 것이므로.

그러나 이 이야기의 정점은 아무래도 에이브럼 신부와 그의 딸이 너무 기쁜 나머지 말도 제대로 못하고 독수리의 집으로 돌아가는 석양의 길이었을 것 같다.

"아빠!"

그녀는 아직도 믿을 수 없다는 듯 다소 머뭇거리며 말했다.

"아빠는 돈이 많으세요?"

"돈이 많냐고?"

그가 되물었다.

"글쎄, 생각하기에 따라 다르겠지. 달을 살 정도로 비싼 물건을 살 게 아니라면 있을 만큼 있다고 할 수 있지."

"애틀랜타에 전보를 치려면 꽤 많은 돈이 들겠죠?"

늘 조심스럽게 돈을 계산하는 습관이 있는 아글레이아가 물었다.

물레방아가 있는 교회

"아, 그래."

작게 한숨을 내쉬며 에이브럼 신부가 말했다.

"알겠다. 로크를 부르고 싶다 이거지?"

"기다려 달라고 하려고요."

그녀가 말했다.

"방금 아빠를 찾았는데 얼마 동안만이라도 둘이만 있고 싶어
요. 그래서 그 사람한테 잠시만 기다려 달라고 말할래요."

순경과 찬송가

　매디슨 광장의 벤치에 앉아서 소우피는 불안하게 몸을 움직였다. 기러기 떼들이 밤하늘 높이 울며 날아가고, 물개가죽 외투를 갖지 못한 아낙네들이 남편에게 상냥해지고, 소우피가 공원 벤치에서 차분하지 못한 동작으로 몸을 움직이기 시작하면 이제 곧 겨울이 온다고 생각하면 된다.

　낙엽 하나가 소우피의 무릎에 툭 떨어졌다. 그것은 겨울 소식을 알리는 잭(서리를 의인화한 표현)이었다.

　잭은 여기 매디슨 광장의 단골손님들에게는 해마다 이곳을 찾아오기 전에 한 가지 경고를 했다. 공원 주민들이 겨울 준비를 할

　　　　　　　　　　　　　　　　　순경과 찬송가

수 있도록, 잭은 네거리 모퉁이에 서서 공원의 문지기인 북풍에게 서리를 보여준다.

그 덕분에 이 공원사람들은 월동준비에 들어가게 된다. 소우피는 다가오는 혹한에 대비해 무언가 대책을 세워야한다면서 벤치에 앉아 몸을 불안스럽게 뒤척이고 있었다.

소우피가 생각하는 월동준비는 그다지 호사스런 것은 아니었다. 지중해 유람선 여행이나 나른한 졸음이 밀려오는 남극 비행기 여행 같은 것은 아니었다.

블랙웰 섬(뉴욕의 이스트리버에 있는 형무소)에서 보내는 3개월, 이것이 그의 월동준비였다. 3개월 동안 북풍이나 경관의 손에서 벗어나 식사나 잠자리에 대한 걱정 없이 마음에 맞는 친구들과 지내는 것, 이것이야말로 노숙자 소우피가 가장 열망하는 것이다.

지난 몇 년 동안 대우가 좋은 블랙웰 섬은 그가 겨울을 나는 집이었다. 해마다 겨울이 되면 돈 있는 뉴욕 사람들은 미국 플로리다 주에 있는 아열대 기후의 휴양지인 팜비치나, 지중해 지방인 리벨라로 가는 기차표를 샀다. 소우피도 그들처럼 이 섬으로 도피할 계획을 은근히 세웠다. 이제 바야흐로 때가 온 것이다.

간밤에는 일요일자 신문 석 장을 각각 상의 안쪽과 발목 그리고 무릎 위에 두르고 잤지만 그것만으로는 이 해묵은 공원 분수 옆 벤치의 추위를 도저히 견뎌낼 수 없었다. 그래서 그 섬이 새삼 그리워지기 시작한 것이다.

소우피는 뉴욕 시가 극빈자에게 '자선'이라는 이름으로 마련한 시설을 경멸하고 있었다. 그는 법률 쪽이 박애보다 훨씬 더 자비롭다고 생각했다.

시나 자선단체가 운영하는 시설에 찾아가면 간단한 숙식 정도는 아쉬운 대로 제공받을 수도 있다. 그러나 소우피처럼 자존심이 강한 사람에게는 자선 따위가 달갑지 않았다.

박애라는 손길은, 반드시 돈이 아니더라도 정신적 굴욕이라는 형태로 대가를 지불하기 마련이다. 카이사르에게 브루투스가 있었듯이, 자선이라는 침대에서는 반드시 강제목욕이 따르게 마련이고, 한 덩어리의 빵에까지 개인의 신원조회라는 까다로운 대가가 뒤따랐다. 그래서 차라리 법률의 손님이 되는 게 훨씬 나았다. 법률은 딱딱한 규칙으로 운영되지만 신사의 프라이버시마저 부당하게 침범하는 일은 없었다.

섬으로 떠날 계획을 짠 소우피는 즉각 실행에 들어갔다. 방법

순경과 찬송가

은 얼마든지 있었다. 그중에서도 가장 재미있는 실행법은 고급 레스토랑에 들어가 값비싼 요리를 시켜 먹는 것이었다. 그런 다음 돈이 한 푼도 없다고 고백한 뒤 조용히 경찰에게 인도되면 된다. 뒷일은 친절한 판사 나리가 처리해 줄 것이다.

소우피는 벤치에서 일어나 천천히 공원을 걸어 나와 바다처럼 평평한 아스팔트길로 나섰다. 브로드웨이와 5번가가 만나는 곳이다. 그는 이곳에서 브로드웨이 북쪽으로 방향을 잡아 번쩍거리는 레스토랑 앞에서 발걸음을 멈추었다. 그곳은 밤마다 상류사회 사람들이 멋지게 차려입고 최고급 요리와 최상품 와인을 즐기기 위해 몰려드는 곳이다.

소우피는 조끼의 맨 아래 단추에서부터 맨 윗부분까지는 자신이 있었다. 수염도 말끔히 깎았고, 상의도 제법 말쑥했으며, 검은 넥타이도 점잖게 매고 있었다. 그 넥타이는 지난 추수감사절에 어느 전도사 부인이 선물한 것이다.

이제 이 레스토랑 한 귀퉁이 테이블에 가서 앉기만 하면 성공은 떼어놓은 당상이다. 테이블을 차지하고 앉은 그의 모습을 보고 웨이터는 어떤 의심도 하지 않을 것이다. 구운 물오리 요리에다 프랑스 샤브리산 백포도주와 카망베르 치즈, 아메리카노 커피 한 잔을 마시고 난 뒤 피울 시가는 1달러짜리면 충분하겠지. 모두 합해 봤자 얼마 되지 않을 것이다. 어쨌든 그 식사는 그에게 만족감과 행복감을 주면서 동시에 겨우내 지낼 아늑한 집으로 여행을 시켜 줄 것이다.

그러나 소우피가 레스토랑 입구에 발을 들여 놓은 순간 웨이터의 시선이 소우피의 낡아빠진 바지와 볼품 없는 구두 위로 떨어졌다.

그는 억세고 민첩한 손으로 소우피의 몸을 한 바퀴 획 돌리더니 보도로 밀어버렸다. 그래서 그 물오리는 공짜로 먹힐 뻔한 불명예스러운 운명을 가까스로 모면할 수 있었다.

소우피는 브로드웨이를 벗어났다. 아무래도 그가 바라는 섬으로 가는 길은 식도락의 방법은 아니었던 것 같았다. 감옥으로 들어가는 길은 다른 곳에서 찾아야만 했다.

6번가 모퉁이에 이르자 전기불이 휘황찬란한 상품으로 가득 찬 가게의 진열장을 비추고 있었다. 소피는 작은 돌멩이 하나를 집어 느닷없이 진열장을 향해 던졌다. 경관을 앞세우고 사람들이 모퉁이를 돌아 달려왔다.

　　소우피는 두 손을 주머니에 찔러 넣은 채 자리에 서 있었다. 그리고는 제복 입은 경관을 쳐다보며 '어서 날 잡아가슈' 하는 표정으로 미소를 지었다.

　　"범인이 어디로 달아났소?"

　　경관이 흥분한 목소리로 물었다.

　　"혹시 내가 범인이라고 생각하지는 않나요?"

　　소우피가 말했다. 다소 빈정거리는 투였지만 행운을 맞이하는 사람처럼 친근한 목소리였다.

경관은 소우피에게서 단서하나 잡지 못할 것으로 생각했는지 그 말을 무시해버렸다. 유리창을 깬 사람은 재빨리 줄행랑을 쳐 버리지 이런 장소에서 경관을 기다려 이야기 따위는 하지 않는다. 경관은 한 남자가 저쪽에서 전차를 잡으려고 달려가는 것을 보았다. 그래서 경찰봉을 뽑아들고는 그를 뒤쫓았다. 두 번씩이나 실패한 소우피는 울적한 마음으로 다시 어슬렁어슬렁 길을 따라 걸어갔다.

길 건너편에는 별로 요란스럽지 않아 보이는 레스토랑이 하나 있었다. 이 식당은 양은 많이 주지만 돈은 별로 들지 않는 곳이었다. 그곳의 식기와 분위기는 묵직했지만 수프와 냅킨을 포함한 식탁용 소품은 얄팍했다. 소우피는 그 말썽스런 구두와 바지 차림으로 아무런 제재를 받지 않고 이 식당에 들어갈 수 있었다. 그는 식탁에 앉아서 비프스테이크와 큼직한 핫케이크, 그리고 도우넛과 파이 등을 시켜먹고 나서 웨이터를 불렀다. 그러고는 주머니에 동전 한 닢도 없노라고 말했다.

"자, 그러니 빨리 가서 경관을 불러와요. 신사를 오래 기다리게 하지 말고…."

"너 같은 놈에게 경관은 무슨 얼어 죽을 놈의 경관이야!"

웨이터는 버터케이크처럼 우람한 목소리에 맨해튼 칵테일 속의 버찌 같은 두 눈을 부릅뜨며 말했다. 웨이터는 소리치고 나서 동료를 불렀다.

"이봐, 콘! 손 좀 빌리자고."

두 웨이터는 참으로 보기 좋게 소우피를 들어올려 딱딱한 보도 원쪽에다 내동댕이쳤다. 그는 목수의 말아둔 줄자가 펴지듯이 빙그르 몸을 일으켜 옷의 먼지를 툭툭 털었다.

경관한테 체포된다는 것은 장밋빛 꿈인 것 같았다. 섬은 여전히 먼 곳에 있었다. 두 집 건너 약국 앞에 서 있던 경관은 싱글벙글 웃으며 저쪽으로 가 버렸다.

다섯 블록쯤 걷고 나서 소우피는 또다시 체포당할 짓을 해야겠다고 생각했다. 이번에는 틀림없는 기회가 온 것 같았다. 수수하고 산뜻한 옷을 차려입은 젊은 여자가 쇼윈도 앞에서 그 안에 진열해 놓은 면도용 컵과 잉크 스탠드를 들여다보고 있었다. 게다가 운 좋게도 그 진열장에서 얼마 안 떨어진 곳에 키가 큰 경관이 한사람 서 있는 게 아닌가.

소우피의 속셈은 이곳에서 비열한 짓을 연출해 보려는 것이었다. 제물이 될 여자의 아름답고 우아한 모습과 착실해 보이는 경관을 보자 그는 한층 더 확신할 수 있었다. 이제 곧 경관이 자신을 아늑하고도 조그만 섬으로 겨우살이를 떠날 수 있도록 도와줄 것이다.

소우피는 여자 전도사가 준 나비넥타이를 고쳐 매고, 속으로 기어든 와이셔츠 소매를 밖으로 끌어낸 후 모자를 멋있게 비스듬히 쓰고는 그 젊은 여자에게 다가갔다. 그리고는 그녀에게 윙크를 던지며 공연히 헛기침을 하고 웃어 보이는 등 치한의 수작을 능글맞게 해냈다.

소우피가 곁눈질로 보니 경관이 자기를 유심히 바라보고 있었다. 젊은 여자는 두어 걸음 저쪽으로 가더니 또다시 진열장 안을 들여다보았다. 소우피는 대담하게 그녀 곁에 바짝 붙어서며 말했다.

"이보시오, 비델리어! 우리 집에 가서 나와 함께 즐기지 않겠소?"

경관은 여전히 이쪽을 쳐다보고 있었다. 이 여자가 봉변을 당할 경우 경관을 향해 손짓만 해도, 소우피는 섬으로 가는 티켓을 끊게 된다. 소우피의 마음속에는 이미 형무소의 아늑함이 느껴졌다. 그런데 젊은 여자는 소우피 쪽을 돌아보더니 손을 내밀어 그의 옷자락을 잡는 게 아닌가. 그녀는 기쁜 듯이 대답했다.

소우피는 떡갈나무에 달라붙은 덩굴처럼 자신의 몸에 찰싹 달라붙은 여자를 데리고 우울한 얼굴로 경관 옆을 지나갔다. 아무래도 그는 평생 자유롭게 살 팔자라도 타고 태어난 것 같았다.

다음 모퉁이에 이르자 그는 재빨리 여자의 손을 뿌리치고 달아났다. 그러고 나서 소우피가 걸음을 멈춘 곳은 밤이 되면 휘황찬란한 거리와 들뜬 마음과 경박한 사랑의 맹서와 경쾌한 노래로 들썩이는 지역이었다.

모피 코트를 입은 여인들과 외투를 입은 남자들이 추운 거리를 분주히 걷고 있었다. 소우피는 문득 불안한 생각에 쫓겨 자신의 몸이 체포되지 않는 무슨 마법에라도 걸린 것이 아닌가 하는 생각마저 들었다.

생각이 거기에 미치자 그는 약간 두려워졌다. 그때 그곳에서 한 경관이 휘황찬란한 극장 앞을 서성대고 있는 것을 보자 소우피는 눈앞의 지푸라기라도 잡으려는 심정으로 '풍기문란행위'를 자행하기로 했다.

소우피는 보도 위에서 목쉰 소리를 있는 대로 뽑아 횡설수설하며 술주정을 부리기 시작했다. 그는 껑충껑충 춤도 추고, 소리도 지르고, 울부짖기도 하고 갖은 짓을 다 하며 온 거리에서 소란을 피웠다.

그러자 경관이 경찰봉을 휘둘러대면서 소우피에게 등을 돌리고 지나가는 사람들에게 이렇게 설명하는 것이었다.

"오늘 예일대학이 축구시합을 했는데 하버드대학을 영패를 시켰답니다. 그래서 저렇게 좋아 날뛰는 거죠. 시끄럽기는 하지만 해를 끼치지는 않을 겁니다. 난동만 부리지 않는다면 그대로 내버려두라는 지시를 상부로부터 받았으니 이해해주세요."

소우피는 낙담한 나머지 이 무익한 소동을 그만두었다. 왜 경찰은 나를 체포해 주지 않는 것일까? 꿈에 그리던 형무소가 도저히 갈 수 없는 유토피아처럼 여겨졌다. 그는 상의의 단추를 잠그고 찬바람을 막았다.

골목을 돌자 바로 앞에 담배가게가 있었다. 옷을 잘 차려입은 한 사내가 들어가는데 문 입구에 비단우산을 놓아둔 것이 보였다. 소우피는 천천히 비단우산을 집어 들고는 그 사내가 보라는 듯이 밖으로 여유를 부리며 걸어 나왔다. 사내가 그걸 보고 급히 뒤따라 나왔다.

"이봐요, 그건 내 우산이요."

그가 단호하게 말했다.

"흥, 그래요?"

소우피는 비꼬아 대답했다. 그는 절도죄를 지은 데다 모욕적인 언사까지 날린 것이다.

"그렇다면 경찰을 부르지 그래? 내가 당신의 우산을 훔쳤는데 왜 경관을 부르지 않는 거요? 저기 모퉁이에 경관이 서 있는데 말이오."

우산 주인은 발걸음을 늦추었다. 소우피도 함께 발걸음을 늦추었다. 이번에도 운이 찾아오지 않는구나 하는 불길한 예감이 들었다. 경관은 이상하다는 듯이 두 사람을 뚫어지게 쳐다보았다.

"물론이지요."

우산 주인은 더듬거리면서 말했다.

"글쎄, 이런 실수는…, 그게 정말 당신 우산이라면, 내가 실수를…. 오늘 아침 식당에서 주웠는데…, 그게 선생 우산이 틀림없다면…, 제발, 용서해…."

"틀림없이 내 우산이오."

소우피는 신경질적으로 말했다.

우산의 먼저 주인은 꽁무니를 뺐다. 경관은 키가 큰 금발 여자를 도와주러 갔다. 야회복을 입은 그 여자가 길을 막 건너고 있는데 전차가 바로 근처에서 달려왔기 때문이다.

소우피는 도로 보수공사를 하기 위해 파헤쳐 놓은 구덩이를 따라 동쪽으로 걸어갔다. 그는 화가 나서 우산을 웅덩이 속에 던져 버렸다. 소우피는 또 헬멧을 쓰고 경찰봉을 차고 다니는 경관들에게 투덜투덜 욕지거리를 했다. 그는 경관에게 잡히고 싶은데도, 그들은 오히려 그를 잘못이라고는 저지를 수 없는 임금처럼 생각하는 것 같았기 때문이었다.

드디어 소우피는 동쪽으로 뻗은 한 거리에 다다랐다. 그곳은 어두컴컴하고 조용했다. 그의 발걸음은 매디슨 광장으로 향하고 있었다. 비록 집이라는 것이 공원 벤치일망정 귀가 본능은 그대로 살아 있었던 것이다.

보기 드물게 조용한 길모퉁이에서 소우피의 발이 문득 멈춰섰다. 오래된 교회였다. 보잘것없는 건물의 보랏빛 스테인드글라스창에서 부드러운 한줄기 빛이 새어나오고 있었다. 아리따운 오르간 반주자가 건반 위에 새하얀 손가락을 바쁘게 옮기면서 돌아오는 일요일에 연주할 찬송가를 연습하고 있었다. 그 감미

순경과 찬송가

로운 선율에 소우피는 철망에 몸을 기댄 채 귀를 기울이며 꼼짝도 하지 않고 서 있었다.

달은 머리 위에 떠올라 휘영청 빛나고 있었다. 자동차도, 인적도 드물었다. 참새들이 처마 끝에서 지저귈 뿐이었다. 주위 풍경은 시골 교회를 연상시키듯 여유로웠다. 오르간 반주자가 연주하는 찬송가는 소우피를 단단히 철책에 묶어 버리고 말았다. 그 찬송가는 옛날에 자주 듣던 곡이었다. 그 무렵에는 그도 많은 것을 가지고 있었다. 어머니, 장밋빛 꿈, 야망, 친구, 얼룩 하나 없는 맑은 생각, 그리고 빳빳한 칼라 등.

소우피의 마음은 이제 모든 것을 받아들일 준비가 되어있었다. 이 오래된 교회가 주는 신비한 감화력이 소우피의 영혼에 변화를 가져왔다.

그는 문득 엄습해오는 공포에 떨면서 자기가 전락해간 구덩이를 바라보았다. 날마다 반복되는 타락한 생활, 보잘것없는 욕망, 사라져 버린 희망, 굳어버린 재능, 성공을 위한 비열한 생각…. 이런 것으로 이 세상을 살아왔던 것이다.

그의 마음은 변화를 갈망하는 새로운 감정에 휩싸여 몸이 떨릴 만큼 감격스러웠다. 다음 순간 어떤 충동에 의해 그는 자기의 절망적인 운명과 싸워보고 싶다는 생각이 들었다.

'그래, 이 늪에서 빠져나와 보자. 나를 다시 한 번 정상적인 인간으로 만들어 보자. 내게 달라붙어 있는 악을 이겨 보자. 아직 늦지 않았다. 생각해 보면 나는 아직 젊다. 그 옛날 그렇듯이 진지하게 품고 있던 야망을 다시 한 번 소생시켜 그것을 추구하자. 엄숙하기는 하지만 기분이 좋은 이 오르간 소리가 내 마음에 변화를 일으키고 있지 않은가! 내일이 되면 기분 좋게 거리로 나가 일을 찾아보자. 언젠가 모피를 수입하는 사람이 운전사 자리를 마련해 주겠다고 했으니 내일 그를 찾아가 부탁해 보자. 나 역시 정상적인 인간이 될 수 있다는 것을 보여 줄 테다. 그리고 나는….'

순경과 찬송가

문득 정신이 들자 누군가가 소우피의 팔을 잡고 있었다. 급히 돌아다보니 경관이 서 있었다. 경관은 그에게 물었다.

　　"여기서 무얼 하고 있는 거요?"

　　"별로… 아무 것도."

　　소피가 우물쭈물하며 말했다.

　　"한밤중에 혼자 있는 여자를 노리다니. 따라오시오."

　　경관은 다짜고짜 소우피의 팔을 붙잡고 끌고 갔다.

　　"3개월간 섬에 감금함."

　　이튿날 아침 즉결재판소에서 판사가 이렇게 선고했다.

마녀의 빵

마더 미첨 양은 길모퉁이에서 조그만 빵집을 하고 있었다. 그곳은 계단을 올라가서 문을 열면 맑은 종소리가 짤랑짤랑 소리를 내며 울리는 아담하고 깨끗한 가게였다.

올해 마흔 살인 마더 양은 은행에 2,000달러를 예금해 두었고 의치 두 개를 했을 뿐 인정미 넘치는 착한 마음씨까지 가지고 있었다. 결혼할 기회는 많았지만 마더 양은 남들처럼 그 흔한 결혼을 하지 않았다.

그러던 그녀가 어느 날 일주일에 두세 번씩 가게를 찾아오는 손님에게 관심을 갖기 시작했다. 그 손님은 안경을 끼고 갈색 턱

마녀의 빵

수염 끝을 공들여 손질한 중년 남자였다.

그는 강한 독일 억양이 섞인 영어를 했다. 옷은 군데군데 닳았거나 뜯어졌고 그렇지 않으면 구겨졌거나 몸에 맞지 않게 헐렁헐렁했다. 하지만 그런 그의 외모와 다르게 그는 언제 보아도 점잖고 예의가 바른 사람이라는 인상을 풍겼다.

그는 점심시간이 되기 전에 마더 양의 빵집에 들러 딱딱하게 굳은 빵 두 덩어리를 샀다. 갓 구운 빵은 한 덩어리에 5센트였고, 굳은 빵은 두 덩어리에 5센트였다. 그는 언제나 굳은 빵 두 덩어리만을 샀다. 언젠가 마더 양은 그의 손가락에 빨간색과 갈색 물감이 묻어 있는 것을 보았다. 그때 그녀는 그가 몹시 가난한 화가라고 생각했다.

'틀림없이 어느 다락방에서 그림을 그리며 굳은 빵으로 배를 채우는 고독한 화가일 거야.'

그녀는 속으로 중얼거렸다. 두툼한 고기와 담백한 롤빵, 잼과 차를 앞에 놓고 앉을 때면 마더 양은 한숨을 쉬면서 생각했다. 그리고 그 점잖은 화가가 찬바람이 들어오는 을씨년스런 다락방에서 굳은 빵을 먹는 대신, 그녀와 함께 맛있는 식사를 했으면 좋겠다는 생각을 자주 하게 되었다. 앞서 말했듯이 마더 양의 가슴엔

인정이 넘쳐 흘렀기 때문이다.

그의 직업에 대한 자신의 짐작을 확인해 볼 요량으로, 어느 날 그녀는 경매에서 산 그림을 자기 방에서 들고 나와 카운터 뒤 선반에 세워 놓았다.

그것은 베니스를 그린 풍경화였다. 웅장한 대리석 궁전이 맨 앞에 있었는데 그것은 흡사 물 위에 서 있는 것처럼 그려져 있었다. 나머지는 강물에 손을 담근 귀부인이 타고 있는 곤돌라가 있고 그 위로는 푸른 하늘이 펼쳐져 있었다. 밝은 곳과 어두운 곳이 확연히 드러나 빛과 어둠의 대비가 돋보이는 그림이었다.

마더 양은 하나밖에 없는 이 그림을 무척 잘 그린 그림이라고 확신하고 있었다. 그 어느 화가라도 이 그림을 보고 그냥 지나칠 리 없을 것이라고 마더 양은 생각했다. 이틀 후 그가 다시 왔다.

"미안하지만 묵은 빵 두 덩어리만 주세요."

그는 빵 냄새 가득한 가게를 한번 휘둘러보더니 빈 벽이었던 곳에 걸려 있는 그림을 발견하고는 눈살을 찌푸렸다.

"그림이 있으니까 가게 분위기가 좋은데요, 아주머니."

그는 예의상 그녀에게 말을 걸었다.

"그렇지요."

마더 양은 자신의 예측이 맞아떨어진 것에 쾌재를 부르며 맞장구쳤다.

"전 미술과 그림을 아주 좋아한답니다."

이렇게 말하고 그녀는 아차 싶었다. '화가라는 말을 이렇게 빨리 해버리면 안 되는데'하는 생각이 들었기 때문이다. 그래서 재빨리 말을 바꾸었다.

"이게 좋은 그림이라고 생각하세요?"

중년의 화가는 약간 얼굴을 찡그리며 마더 양의 말을 되받았다.

"궁전은 썩 잘 그리지 못했군요. 원근법도 잘못되어 있고요. 안녕히 계세요, 아주머니."

마더 양이 빵을 내밀자 그는 빵을 들고 인사를 꾸벅하며 바삐 밖으로 나갔다.

'화가가 틀림없어.'

마더 양은 흐뭇한 표정으로 일부러 걸어놓았던 그림을 벽에서 떼어 방으로 갖고 들어갔다.

안경 너머 그의 눈은 얼마나 부드럽고 다정했던지! 이마는 또 어찌 그리 넓던지! 한눈에 원근법을 판단할 수 있다니. 그런데도 매일 굳은 빵만 먹고 살아야만 한단 말이지! 하지만 천재는 능력

안경 너머 그의 눈은 얼마나 부드럽고 다정했던지!

이마는 또 어찌 그리 넓던지!

을 인정받을 때까지 고생을 하게 마련이지.

만약 은행에 2,000달러를 저축하고 있는 마음씨 좋은 빵집 주인이 그 천재를 후원한다면 미술이나 원근법을 위해 얼마나 좋은 일이 될까.

시간이 흐를수록 그가 하루도 빠짐없이 가게에 들르게 되자 마더 양과 중년의 화가는 간단한 인사로 서로에 대한 호감을 표시했다. 화가는 첫 인상과 다르게 부드러운 말씨로 진열장 뒤에서 빵을 고르는 마더 양에게 말을 걸기도 했다. 그는 마더 양의 명랑한 수다를 좋아하는 것 같았다.

하지만 그는 처음과 똑같이 여전히 묵은 빵을 사갔다. 케이크나 파이, 또는 그녀가 손수 만든 맛있는 샐리런(구워서 금방 먹는)을 사가는 적은 한 번도 없었다.

그녀는 그가 차츰 수척해지고 기운이 없어 보인다고 생각했다. 그가 사가는 초라한 빵에 무언가를 보태어 주고 싶은 마음이 간절했지만 그럴만한 용기는 없었다. 그를 곤란하게 만들고 싶지 않았던 것이다. 예술가의 자존심에 대해 누구보다 잘 아는 그녀였다.

마침내 마더 양은 가게에 나올 때 아껴두었던 푸른색 물방울

마녀의 빵

무늬 조끼를 입었다. 뒷방에서 모과씨와 붕사를 섞어 정체를 알 수 없는 혼합물도 만들었다. 많은 사람이 혈색을 좋아 보이게 하기 위해 얼굴에 그것을 바른다는 것을 알고 있었던 것이다.

하지만 그녀가 그 분을 바른 이유는 다른 데 있었다. 매일 같은 빵을 사가는 그 화가의 자존심을 지켜주면서 그녀가 해줄 수 있는 일을 생각해 낸 것이다. 그날만은 그에게 특별하게 보여도 괜찮을 것 같았다.

그날도 화가는 여느 때처럼 가게에 들어와 진열장 위에 5센트짜리 은전을 올려놓고 묵은 빵을 찾았다. 마더 양이 그 빵을 꺼내려 하는 순간 요란한 경적소리와 함께 소방차 한 대가 지나갔다.

손님은 자연스럽게 문으로 뛰어가 밖을 내다보았다. 순간적인 판단으로 마더 양은 기회를 놓치지 않았다. 카운터 뒤의 선반 맨 아래 칸에 10분 전에 우유 배달부가 놓고 간 신선한 버터가 있었다. 마더 양은 빵 칼로 두 개의 묵은 빵을 깊숙이 자르고는 그 속에 버터를 듬뿍 밀어넣고 다시 꼭 아물려 놓았다.

그 손님이 다시 돌아왔을 때 그녀는 이미 버터가 듬뿍 들어간 빵을 종이에 싸고 있었다. 다른 때보다 더 즐겁게 잡담을 나눈 후 손님이 돌아가자 마더 양은 더없이 즐거웠다. 그가 팔레트가 여기저기 흩어져 있는 작업실에서 빵 봉지를 뜯어 빵을 한 입 베어 물었을 때의 표정을 상상하며 흐뭇한 미소를 지었다.

'너무 지나쳤던 건 아닐까? 혹시 기분 나빠하진 않았을까? 하지만 그럴 리 없어. 먹는 데는 죄가 없지 않은가. 고작 버터 한 덩어리 때문에 주제 넘은 여자로 몰리진 않을 거야.'

그날은 온종일 그 일이 그녀의 머릿속에서 떠나지 않았다. 그가 자신의 이 사소한 배려를 발견한 순간 어떤 표정을 지을지 상상만 해도 즐거웠다.

'그는 붓과 팔레트를 바닥에 내려놓을지도 모른다. 거기에는 나무랄 데 없는 원근법으로 그린 그의 그림이 꽂힌 이젤이 있을 것이다. 그는 마른 빵과 물만으로 점심을 준비할 것이다. 그가 빵을 썰게 되면… 아!'

마더 양은 얼굴을 붉혔다.

'빵을 먹으면서 그는 과연 안에 버터를 넣은 사람을 생각할까?'

그 순간 입구에 달린 종이 거칠게 울려댔다. 누군가가 요란스럽게 들어오고 있었다.

마더 양은 급히 문으로 다가갔다. 거기엔 두 남자가 서 있었다. 한 사람은 파이프 담배를 피우고 있는 젊은 남자였는데, 그녀가 한 번도 본 적 없는 사람이었다. 나머지 한 사람은 바로 그 화가였다. 그의 얼굴은 붉으락푸르락 달아올라 있었고 모자는 아무렇게나 헝클어진 머리 뒤로 젖혀져 있었다. 그는 두 주먹을 불끈 쥔 채 다짜고짜 마더 양을 향해 분을 못참겠다는 듯 마구 흔들어 댔다.

"이 멍청한 여자야! 이 늙은 마녀!"

그가 고래고래 소리를 질렀다. 그리곤 그녀가 알아들을 수 없는 독일어로 몇 마디 욕설을 퍼부었다.

같이 들어온 젊은 남자가 그를 진정시키려고 애를 썼다.

"난 절대 못 가."

화가 난 목소리로 그는 소리쳤다.

"이 여자한테 한 마디 해주기 전에는 말이야."

그는 마더 양의 카운터를 쾅 하고 내리쳤다.

"당신 때문에 난 망했어! 망했다고."

그가 소리쳤다. 안경 너머로 보이는 그의 푸른 눈동자에서 불꽃이 튀었다.

"주제도 모르고 참견이나 하는 이 늙은 살쾡이!"

마더 양은 진열대에 간신히 몸을 기댄 채 한 손으로 실크 블라

우스를 움켜잡았다. 젊은 남자가 친구의 옷깃을 잡아끌었다.

"자, 자. 그만 됐어."

그는 화가 나서 씩씩거리는 사람을 문 밖으로 끌어내고는 다시 들어왔다.

"아주머니께서 알아두시는 게 좋을 것 같아서요. 어째서 이렇게 됐는지 말입니다. 저 사람은 블룸버그라는 건축설계사지요. 저도 같은 사무실에서 일하는 사람입니다. 저 사람은 지난 석 달 동안 새 시청의 설계도를 맡아 그려왔지요. 현상 공모에 응모하려고 말입니다. 그리고 어제 간신히 잉크로 마무리하는 작업을 마쳤습니다. 아시다시피 설계사는 언제나 연필로 초안을 그리거든요. 그런 다음 잉크로 다시 그리고 나서 굳은 빵으로 연필 자국을 지워 나가지요. 블룸버그는 그 빵을 댁에서 사 쓰고 있었습니다. 그런데 오늘… 짐작이 가시겠지만 아주머니! 도대체 거기에 버터가 왜 들어가 있었는지… 그것 때문에 블룸버그의 설계도는 엉망이 되어 버렸어요. 이제는 아무짝에도 쓸모가 없어졌지요."

마더 양은 뒷방으로 뛰어 들어갔다. 그녀는 물방울 무늬 실크 블라우스를 벗어 던졌다. 그리고는 늘 입던 낡은 갈색 옷으로 갈

마녀의 빵

아입고 모과씨와 봉사를 섞어 만든 마사지 크림도 창밖으로 던
져 버렸다.

。
20년
후

　순찰 중인 한 경관이 매우 위풍당당하게 거리를 활보하고 있었다. 그 모습은 그의 평소 습관일 뿐, 남을 의식하는 몸짓은 아니었다. 겨우 밤 열 시인 데도 빗줄기를 머금은 거센 바람으로 인해 거리는 인적이 끊겨있었다.

　여러 가지 노련한 동작으로 경찰봉을 휘두르기도 하고, 이따금 용의주도한 눈길로 평온한 거리를 지나가며 집집의 문단속 상태를 살피는 그 경관은 마치 평화를 지키는 수호신 같은 인상을 자아냈다. 이곳은 일찍 자고 일찍 일어나는 부지런한 동네였다. 간혹 담뱃가게나 24시간 문을 여는 간이식당의 불빛이 보였지만, 사무실로 쓰이는 대부분의 건물은 문을 닫은 지 오래였다.

그런데 어느 구역의 중간쯤 도달한 경관이 갑자기 걸음을 멈추었다. 컴컴한 철물점 문 앞에 웬 남자가 기대어 서 있었던 것이다. 수상한 낌새를 느낀 경관이 다가가자, 그가 먼저 안심시키려는 투로 말했다.

"아무 이상 없소이다. 경찰관 나으리."

경관은 여전히 의심의 눈빛을 거두지 않았다.

"여기서 뭘하고 있는 게요?"

그러자 남자가 말했다.

"난 여기서 친구를 기다리고 있을 뿐입니다."

"이런 늦은 시간에 친구라니. 그게 무슨 소리요?"

남자가 설명하기 시작했다.

"20년 전에 약속을 했거든요. 좀 이상하게 들리죠? 미심쩍어 할 테니 설명을 해주겠소. 20년 전, 지금 이 가게자리에 '빅 조 브래디'라는 식당이 있었소."

"5년 전까지도 있었죠."

경관이 맞장구 쳤다.

남자는 성냥을 그어 시가에 불을 붙였다. 오른쪽 눈썹 밑에 짙은 흉터가 있는 창백한 그의 얼굴이 불빛에 드러났다. 턱이 각지고 눈매는 날카로웠다. 그가 맨 넥타이핀에는 특이하게 생긴 커다란 다이아몬드가 박혀 있었다.

　　"20년 전 오늘이었습니다."

　　남자가 말했다.

　　"나는 이 빅 조 브래디 식당에서 지미 웰스라는 친구와 식사를 했습니다. 지미와 저는 이 세상에서 둘도 없는 친구였죠. 지미와 나는 이 뉴욕에서 형제처럼 자랐어요. 내가 열여덟이고, 지미는 스물이었죠. 그 다음날 나는 돈을 벌기 위해 서부로 가게 되어 있었어요. 지미란 녀석은 도저히 뉴욕에서 끌어낼 방법이 없었어요. 녀석은 세상 천지에 뉴욕만한 곳이 없다고 생각했으니까요. 그래서 우린 그날 밤 굳게 약속했죠. 처지가 어떻든, 또 얼마나 먼 곳에 있든 따지지 말고 20년 후 같은 날 같은 시간 여기서 만나자고 말입니다. 20년이 지나면 여하튼 우리의 운명도 정해져 있을 테고 돈도 많이 벌었을 것으로 생각했으니까요."

　　"거 참, 재미있네요."

　　경관이 말했다.

"다시 만나기에는 다소 긴 시간 같네요. 선생이 떠난 뒤 그 친구 소식을 들었나요?"

"물론 한동안 서로 편지를 주고받았지요."

남자가 말했다.

"그런데 1~2년 지나고 나서 소식이 끊겼죠. 아시다시피 서부는 기회가 많은 곳이라서 난 동분서주하며 바쁘게 뛰어다녔지요. 그렇지만 지미가 살아만 있다면, 반드시 나를 만나러 여기로 올 겁니다. 그건 내가 알지요. 이 세상에 그 친구만큼 성실하고 의리 있는 사람은 없으니까요. 절대 잊지 않았을 겁니다. 난 오늘 밤 여길 오려고 1,000마일을 달려왔는데, 옛 친구가 나타나기만 한다면 그만한 가치는 충분히 있는 일이죠."

기다리던 남자는 멋진 시계를 꺼냈다. 뚜껑에 자잘한 다이아몬드가 박힌 고급 시계였다.

"10시 3분 전이군."

그가 말했다.

"그 친구와 내가 식당 문 앞에서 헤어진 게 정확히 10시였습니다."

"그런데 서부에서 크게 성공하셨나 보죠?"

경관이 물었다.

"성공하고말고요! 지미가 내 절반만이라도 성공했으면 좋겠습니다. 그 친구 사람은 그만인데 융통성이라곤 조금도 없어요. 난 지금의 재산을 모으느라 아주 억센 놈들과 겨루기도 했죠. 뉴욕에서 살면 사람이 무뎌지지요. 하지만 서부는 사람을 면도날처럼 날카롭게 만들죠."

경관은 경찰봉을 휘두르며 두어 발짝 걸어갔다.

"이만 가봐야겠습니다. 선생의 친구 분이 꼭 나타나기를 빌겠소. 정확히 약속 시간까지만 기다리실 참인가요?"

"그럴 수는 없겠지요!"

남자가 대답했다.

"최소한 30분은 기다려야죠. 지미가 어디선가 살아만 있다면 그때까진 올 테니까요. 그럼 또 봅시다. 경관님."

"그럼, 먼저 갑니다. 안녕히."

말을 마친 경관은 일일이 문단속 상태를 살펴보며 순찰구역을 지나갔다. 거리에는 가늘고 차가운 이슬비가 내렸다. 이따금씩 불던 바람도 어느덧 강풍으로 변해 있었다. 드문드문 지나가는 사람들은 옷깃을 세우고 주머니에 두 손을 찌른 채 말없이 음울한 표정으로 총총걸음을 옮겼다. 철물점 문 앞에는 젊은 시절 친구와의 불확실한 약속을 지키려고 1,000마일이나 달려온 남자가 시가를 피우며 서 있었다.

그리고 20분쯤 시간이 흘렀을 때, 긴 외투를 입고 귀밑까지 옷 깃을 바짝 세운 훤칠한 키의 한 남자가 서둘러 길을 건너왔다. 그는 곧장 문 앞에 기대어 서 있는 남자에게 다가갔다.

"자네 봅인가."

그가 조심스럽게 물었다.

"그럼, 자네가 지미 웰스?"

문 앞에 서 있던 남자가 소리쳤다.

"이럴 수가!"

방금 도착한 남자가 상대의 두 손을 움켜잡으며 외쳤다.

"틀림없이 봅이구나. 네가 살아만 있다면 여기서 널 만날 줄 알았다니까, 이거. 20년은 정말 긴 세월이었지. 옛날 식당도 없어졌어. 봅, 그 식당이 아직 있으면 그곳에서 저녁식사나 할 텐데 말이야. 그래, 서부는 어떤가?"

"근사했지, 서부는 내가 원하는 걸 모두 다 주었어. 그런데 자네 많이 변했군, 지미. 자네가 이렇게 키가 큰 줄 미처 몰랐는걸?"

"그래, 스무 살이 넘어서도 키가 좀 더 자랐지."

"뉴욕에선 잘하고 있지?"

"간신히. 지금 시청에서 일하고 있어. 자, 봅. 우리 어디 가서 그동안 밀린 얘기나 실컷 하자고!"

두 사람은 팔짱을 끼고 걷기 시작했다. 서부에서 온 남자는 자신의 성공담에 도취되어 그동안 겪은 일을 이야기하기 시작했다. 상대편 남자는 외투에 푹 파묻힌 채 흥미롭게 귀를 기울였다.

나란히 길을 걷던 그들은 불이 환하게 켜진 약국 앞에서 발길을 멈추었다. 불빛이 그들을 비추었을 때, 두 사람은 동시에 고개를 돌려 서로의 얼굴을 쳐다보았다.

서부에서 온 남자가 갑자기 걸음을 멈추더니 팔을 뺐다.

"자넨 지미 웰스가 아니야."

그가 쏘아붙였다.

"20년은 긴 세월이지만, 그렇다고 사람의 매부리코를 납작코로 바꿀 만큼 길진 않아!"

"때론 좋은 사람을 악한 사람으로 바꾸기도 하지."

키 큰 사나이가 되받았다.

"자넨 이미 10분 전에 체포된 거야, 실키 봅. 시카고에서 자네가 이쪽으로 올 것이라고 우리에게 전보를 쳤더군. 자네에게 볼

20년 후

일이 있다고 말이야. 얌전히 따라오겠지? 자, 경찰서에 가기 전에 자네한테 전해 달라는 쪽지가 있으니 보게나. 여기 창문에서 읽어보라고. 웰스 순찰대원이 보낸 거야!"

서부에서 온 남자는 그가 건네주는 조그만 종이쪽지를 펼쳐들었다. 처음에는 아무렇지도 않았지만 편지를 다 읽고 난 그의 손이 약간 떨렸다. 편지의 사연은 짧막했다.

봅, 나는 제 시간에 약속 장소에 갔었네. 하지만 자네가 시가에 불을 붙이려고 성냥을 켰을 때, 난 자네가 시카고에서 지명 수배된 도망자라는 것을 알았네. 그러나 차마 내 손으로 친구인 자네를 체포할 수는 없었어. 그래서 다시 돌아가 사복형사를 보낸 것이라네. —지미

마음과 손

　동부로 향하는 급행열차의 한 객실에 고급 의상과 여행용품으로 단장한 젊고 아름다운 한 여자가 타고 있었다. 기차가 덴버 역에 정차하자 두 명의 남자가 올라탔다. 말끔하게 차려입은 한 남자는 젊고 밝은 표정을 한 미남이었고, 허름한 차림새를 한 다른 남자는 덩치는 좋았지만 인상이 험악했으며 무서운 표정을 하고 있었다. 두 사람의 손목은 수갑으로 연결되어 있었다.

　그들은 객실 통로를 지나면서 빈자리를 찾다가 아름다운 여자의 맞은편에 앉았다. 젊은 여자는 멍하니 두 남자를 쳐다보기 시작했다. 그런데 잠시 후 그녀의 얼굴에서 부드러운 미소가 피어

　　　　　　　　　　　　　　　　　　　마음과 손

나며, 통통한 두 볼이 살짝 붉어지는 것이었다.

"좋아요, 이스튼 씨. 선생님은 제가 먼저 아는 체 하기를 바라시는 것 같군요. 선생님은 옛 친구인 저를 만나신 게 반갑지 않으신가봐요?"

그녀는 이렇게 말하며 회색 장갑을 낀 조그만 손을 내밀었는데, 그 싱그러운 목소리에는 상대방이 자신의 말에 주의를 기울일 것이라는 자신감이 가득했다. 이스튼이라 불린 미남 청년은 그녀의 말에 순간적으로 움찔하며 당황스러워하더니, 금방 안색을 바꾸고 왼손으로 그녀의 손가락을 잡았다.

"아, 안녕하세요, 페어차일드 양. 왼손이라 미안합니다. 보시다시피 지금 오른손이 좀 바빠서요."

그는 옆에 있는 남자의 왼손과 묶여 있는 자신의 오른손을 살짝 들어 보였다. 여자의 눈가에 서렸던 기쁨은 어느새 서서히 곤혹스러움으로 바뀌어갔다. 여자는 약간 불안해 보였고, 두 뺨의 홍조도 사라졌다. 입술은 무엇인가를 두려워하는 듯 반쯤 벌어졌다. 이스튼이 이 사태가 재미있다는 듯 가벼운 미소를 지으며 다시 무슨 말을 하려고 할 때 옆에 있던 다른 젊은이가 말문을 열었다. 음울한 표정의 그 남자는 아까부터 날카로운 눈매로 젊

유감스럽지만 화려하고 안락한 시절은

이미 지나갔거든요.

은 여자를 꿰뚫을 듯 살피고 있는 중이었다.

"느닷없이 말을 건네서 죄송합니다만 아가씨, 이 보안관과 매우 친한 사이 같군요. 보안관에게 내가 형무소에 가게 되면 나를 위해서 한마디 해달라고 부탁해주시겠습니까? 그렇게 되면 저는 형무소에서 여러 모로 편리해질 겁니다. 지금 보안관은 나를 리븐위드 형무소로 데리고 가는 길이죠. 지폐 위조 혐의로 7년 형을 선고받았거든요."

"어머나!"

젊은 여자는 안도의 숨을 내쉬었다. 얼굴빛이 다시 되살아 났다.

"그럼 선생님은 여기서 보안관이 되신 거였군요! 조금 놀랐어요."

이스튼이 침착하게 말했다.

"페어차일드 양, 나는 무언가 해야 했습니다. 돈이란 놈은 많아 보여도 날개가 있어서 저절로 날아가 버리지요. 더욱이 페어차일드 양도 알다시피 워싱턴에서 그 친구들과 사귀려면 꽤 많은 돈이 들잖습니까? 그래서 서부에서 이 일을 하게 됐지요. 그야 물론 보안관은 외교관만큼 고급 직업은 아닙니다만…."

그녀가 부드러운 음성으로 말했다.

"그 외교관은 그날 이후로 한 번도 본적이 없어요. 원래 그분

　　　　　　　　　　　　　　　마음과 손

은 저랑 별로 가까운 사이도 아니었죠. 그럼, 지금 선생님은 씩씩한 서부의 용사로서, 말을 타고 총을 쏘고 온갖 위험을 무릅쓰고 사시는 셈이네요. 워싱턴 때와는 완전히 달라지셨어요. 그 무렵 같이 지내던 친구들은 무척 쓸쓸해하실 것 같아요."

젊은 여자의 눈은 당시를 회상하는 듯 황홀해지더니, 이윽고 눈이 가늘게 벌어지면서 번쩍거리는 수갑에 가서 멎었다.

"이런, 여긴 신경 쓰실 필요는 없습니다. 아가씨."하고 다른 사나이가 말했다.

"보안관은 누구나 다 범인이 달아나지 못하도록 자기의 손목과 범인의 손목을 수갑으로 엮어 두니까요. 이스튼 씨는 직무상 이렇게 하고 있는 겁니다."

"워싱턴에서 또 뵐 수 있을까요?"하고 여자가 묻자 이스튼이 대답했다.

"당장은 그러기 어려울 겁니다. 유감스럽게도 화려하고 안락한 시절은 이미 지나갔거든요."

"저는 서부가 좋아요."

그녀는 느닷없이 엉뚱한 말을 꺼냈다. 눈이 정답게 빛나고 있었다. 그녀는 차창 밖을 내다보았다. 그러고는 위엄과 격식의 껍

질을 벗어 던지고 솔직한 말투로 차근차근 말하기 시작했다.

"저는 어머니와 지난 여름을 덴버에서 보냈어요. 어머니는 아버지가 건강이 나빠지셔서 일주일쯤 전 집으로 돌아가셨어요. 저는 서부에서도 훌륭하게 그리고 행복하게 살아갈 수 있다고 생각해요. 이곳 공기가 저한테 맞아요. 돈이 전부는 아니지요. 그런데 세상 사람들은 언제나 사물을 올바로 이해하지 못하고, 여전히 부질없는 생각에…."

"그런데, 보안관 나리."

갑자기 음울한 표정의 사나이가 신음하듯 말했다.

"이거 얘기가 심상찮네요. 한잔하고 싶어요. 그리고 하루 종일 담배도 한 대 피우지 못했잖아요. 얘긴 이제 많이 했으니까 흡연실로 데려가 주십쇼, 한 대 피우고 싶어서 미칠 지경입니다."

수갑으로 연결된 두 승객이 일어섰다. 이스튼은 아까처럼 얼굴에 엷은 웃음을 띠고 있었다.

"담배를 피우고 싶다는 이 사람의 호소를 무시할 수 없군요."

이스튼은 가벼운 어투로 말했다.

"그것은 불행한 사람의 유일한 위안이니까요. 그럼 실례하겠습니다. 페어차일드 양, 직무상 부득이합니다."

그가 작별인사를 나누기 위해 손을 내밀었다.

"선생님이 동부로 가시는 게 아니라서 정말 유감스러워요."

다시 그녀는 위엄과 격식을 차리며 말했다.

"선생님은 꼭 리븐위드로 가셔야 해요?"

"그렇습니다. 반드시 리븐위드에 가야 합니다."

이스튼이 대답했다.

두 사나이는 몸을 돌려 흡연실을 향해 걸어갔다.

가까운 자리에 있던 두 승객은 이들의 이야기를 모두 듣고 있었다. 한 사람이 동행인에게 말했다.

"저 보안관은 꽤 멋있는걸. 서부 사람 중에도 더러 저렇게 멋진 사람도 있군 그래."

"아직 나이도 젊은데 저런 직무를 훌륭하게 해내고 있으니."

"젊다고?"

먼저 말을 꺼낸 사람이 되받았다.

"어째서? 아, 그렇구면! 자넨 제대로 눈치 채지 못했군 그래! 이봐, 보안관이 자기 오른손을 수갑으로 범인과 묶는 수도 있던가?"

사랑의 심부름꾼

    공원에 많은 사람이 쏟아져 들어오기에는 아직 계절이 일렀고, 또 그럴 만한 시간도 아니었다. 따라서 그 젊은 여자는 들뜬 마음에 멍하니 공원 벤치에 앉아 다가오고 있는 봄 기운을 느껴보고 싶다는 기분이 들었을지도 모른다. 그녀는 깊은 사색에 빠져 있었다. 그날은 조금 우울해보였는데 최근의 일로 그런 것 같았다. 왜냐하면 그녀는 우울해보일지라도 아름답고 탱탱한 양볼의 윤곽을 여전히 유지하고 있었고, 굳게 다문 입술 역시 여전히 매력적인 선이 헝클어지지 않았기 때문이다.

    그때 훤칠한 청년 하나가 성큼성큼 공원을 가로질러 그녀가 앉아 있는 곳으로 걸어왔다. 그 뒤를 여행용 가방을 든 소년 하나가 따라오고 있었다. 청년은 젊은 여성을 발견하고는 얼굴이 새빨개졌다가 금방 본래 모습대로 핼쑥해졌다. 그는 그녀의 태도를 응시하면서 조용히 다가왔는데, 그 얼굴에는 자신을 알아보지 않을까하는 희망과 불안의 표정이 뒤엉켜 있었다. 청년은 그녀가 앉아있던 곳으로부터 불과 4~5m 앞을 천천히 지나갔지만 그녀는 그의 존재에 대해 조금도 신경쓰지 않는 눈치였다.

결국 청년은 그런 식으로 40m 쯤을 더 가다가 걸음을 멈추고 그곳 벤치에 앉았다. 소년은 여행용 가방을 내려놓고 반짝이는 눈빛으로 수상쩍다는 듯 청년을 살폈다. 청년은 손수건을 꺼내 얼굴을 닦았다. 손수건도 좋은 것이었지만, 청년의 얼굴은 퍽 잘생겼고 풍채도 늠름했다. 청년이 소년에게 말했다.

"저기 저 벤치에 앉아 있는 아가씨에게 좀 다녀오렴. 저쪽으로 가서, 내가 지금 알래스카 사슴사냥 원정을 떠나기 위해 샌프란시스코 행 버스터미널로 가는 길이라고 전해줘. 아가씨가 말은 해도 괜찮지만 편지를 쓰는 건 안 된다고 했어. 그래서 할 수 없이 이런 방법을 쓰는 거야. 그리고 해명할 기회도 주지 않는 것은 내가 알고 있던 아가씨답지 않다는 말도 해줘. 이렇게 하는 것도 물론 아가씨의 금지령을 어기는 것이지만, 다 아가씨의 현명한 판단을 기대하기 때문에 그런 거야. 자, 어서 가서 내가 한 말을 전하렴."

청년은 반 달러짜리 은화를 쥐어 주었다. 소년의 행색은 볼품없었지만 얼굴 표정만은 매우 영리해 보였다. 소년은 초롱초롱한 눈망울을 한 채 조심스럽게 청년의 말을 듣더니 곧장 반대쪽으로 달려갔다. 약간 불안한 표정이었으나 조금도 망설이지 않고 벤치에 앉은 여자 앞에 섰다. 그리고 삐딱하게 눌러쓴 체크무늬 낡은 사이클용 모자 창에 손을 갖다 대고 인사를 했다. 여자는 호감도 반감도 보이지 않고 무관심한 듯 소년을 쳐다보았다.

"아가씨!"

소년이 말했다.

"저쪽 벤치에 있는 사람이 아가씨한테 사랑의 다리 좀 놔달라고 나를 보냈어요. 아가씨가 모르는 사람이라면 저 사람이 뭔가 좋지 않은 일을 꾸미는 게 틀림없으니 모르면 모른다고 하세요. 그러면 내가 곧장 달려가 경찰을 불러 올게요. 아가씨가 저 사람을 안다면 그리 나쁜 사람은 아닌 것 같으니까, 아가씨에게 전해달라고 한 뜨거운 사연을 전하겠어요."

사랑의 심부름꾼

젊은 여자는 차츰 관심을 보이기 시작했다.

"사랑의 다리라고!"

그녀의 목소리는 차분하면서도 매우 낭랑했다.

"정말 새로운 발상이야 나는 너를 심부름 보낸 저 분을 예전부터 잘 알고 있단다. 그러니 경관을 부를 필요는 없어. 아무튼 네가 가지고 온 이야기 보따리나 풀어보렴. 너무 큰 소리로는 하지 말고. 떠들썩해져서 사람들이 몰려오면 곤란하니까."

"그렇군요!"

소년은 몸을 움츠리고 작은 목소리로 이야기를 시작했다.

"뭐 대단한 건 없어요. 아가씨에게 이렇게 말하랬어요. 지금 자기는 셔츠 칼라와 커프스를 여행용 가방에 쑤셔 넣고 샌프란시스코로 가서 거기서 클론다이크 1897~1898년 금광 열기로 유명했던 캐나다 북서부 유콘 강 유역 클론다이크로 꿩 사냥을 간대요. 아가씨가 집 앞에서 기웃거리지도 말라고 하고, 편지도 보내서는 안 된다고 했기 때문에 이런 방법 밖에는 쓸 수가 없다고 했어요. 어떻게든 진실은 전해야 하니까요. 마치 자기와 다시는 보지 않을 사이처럼 대하는데, 어떻게든 그 생각을 바꿔주고 싶어도 아가씨가 틈을 안준대요."

여인은 무심한 척 했지만, 그녀의 눈에는 보이는 희미한 관심은 처음부터 지금까지 조금도 수그러들지 않고 있었다. 그것은 아마 그녀가 꿩 사냥을 떠난다는 청년과 무언가 피치 못할 애증이 있기 때문일 것이다. 그녀는 인적이 끊긴 공원에 초라하게 서 있는 조각상을 바라보며 한숨짓더니, 마침내 심부름 온 소년을 돌아보며 말했다.

　　"저 신사께 말씀을 전해줘. 이제 와서 새삼 내 소망에 대해 다시 설명할 필요는 없다고. 내 소망이 전에는 어떠했고, 지금은 어떤지 저분이 더 잘 아실거야. 이번 일과 관련해 내가 말할 수 있는 건 상대방에 대한 절대적인 성실과 진실이 그 무엇보다 중요하다는 거야. 이번 일로 인해 나도 내 자신을 많이 반성해봤고 내 결점이 뭔지, 내가 부족한 것이 뭔지 잘 알게 되었다고. 그러니까 저분한테는 어떤 변명도 듣고 싶지 않아. 분명히 말하지만 내가 소문이나 확실하지 않은 증거로 저분을 책망하는 게 아니란다. 그러니 나는 잘못한 게 없다고 말씀드려라."

　　"그 말만 전하면 되나요?"

　　"만약 저분이 이미 다 아는 얘기를 다시 듣고 싶다면, 이 얘기를 해 드려도 좋아. 아니, 저분에게 확실히 전해 줘. 그날 저녁 나는 어머님께 드릴 장미꽃을 꺾으려고 온실 뒷문으로 들어갔어. 거기서 저분과 애슈번 양이 복숭아나무 밑에 함께 서 있는 걸 본 거야. 한 폭의 그림 같더라고. 두 사람의 밀착된 포즈와 표정은 굳이 설명이 필요 없을 만큼 모든 것을 분명히 보여 주고 있었지. 나는 숨을 죽이며 온실에서 나올 수밖에 없었고, 그때 나는 장미도, 꿈꾸던 소망도 다 버렸다고 전해주렴."

"아가씨, 내가 모르는 말이 있어요. 밀착, 포즈, 그게 뭐죠?"

"접근이라고 해도 좋고, 보통 있어야 할 위치로는 너무 가깝다는 뜻이야."

소년은 발바닥에 땀이 나도록 달려갔다. 그리고 처음의 벤치 앞에 가서 멈춰 섰다. 갈망하는 사람처럼 청년이 소년을 바라봤다. 소년은 눈빛을 반짝이며 들은 말을 살짝 각색해 남자에게 전하기 시작했다.

"여자는 달콤한 말이나 희망 섞인 얘기를 들으면 금방 흐물흐물해지는 걸 잘 아니까, 다시는 아첨 떠는 말은 듣고 싶지 않대요. 저 아가씨는 온실 안에서 아저씨가 어떤 여자에게 근접해 있는 걸 분명히 봤대요. 꽃을 꺾으려고 발길을 돌렸더니 아저씨가 그 여자를 껴안고 있더래요. 아주 예쁜 여자였대요. 그래서 저 아가썬 기분이 몹시 나빠졌다고 하네요. 그러니 헛수고하지 말고 어서 기차를 타고 가시는 게 좋을 거라고 했어요."

청년은 나지막이 휘파람을 불었다. 별안간 무슨 생각이 난 듯 두 눈이 반짝거렸다. 그는 재빠른 동작으로 상의 속주머니에 손을 넣어 한 다발의 편지를 꺼냈다. 그중 한 통을 골라 소년에게 주었다. 그리고 조끼 주머니에서 1달러짜리 은화를 꺼내어 소년에게 건네며 말했다.

"어서 이 편지를 아가씨에게 갖다 주렴. 이걸 읽으면 그 장면이 어떤 상황이었다는 걸 알 수 있을 거라고 전해줘. 그리고 '당신의 소망이 변하지 않았을 것이라 믿고 있소. 당신이 소중히 여기는 성실성은 조금도 흔들리지 않았소. 당신의 대답을 기대하겠소.'라고 말씀드려."

소년은 자시 아가씨에게 달려갔다.

"저 아저씨는 아무 죄도 없는데 누명을 썼대요. 자기는 바람둥이가 아니래요. 아가씨, 이 편지를 읽어 보세요. 아저씨는 아주 괜찮은 사람으로 보여요."

아가씨는 반신반의하며 편지를 펼쳐 읽었다.

사랑의 심부름꾼

친애하는 아놀드 씨에게

지난 금요일 월든 부인의 리셉션에 참석했을 때, 그 댁 온실에서 제 딸이 지병인 심장발작을 일으켰을 때 선생의 친절하신 치료를 받게 되어 정말 감사했습니다. 마침 그 자리에 계신 선생께서 쓰러지는 딸을 받아 주시지 않았더라면, 그리고 그때 적절한 치료를 취하시지 않았더라면, 딸의 생명이 어떻게 되었을지 모를 일입니다.

딸의 치료를 위해 한번 왕진해 주신다면 그 이상 기쁜 일이 없을 것 같습니다.

— 로버트 애슈번

젊은 여인은 편지를 접어서 소년에게 돌려주었다.

"저 아저씨는 아가씨의 대답을 기다리고 있는데요."

심부름 온 소년이 말했다. 아름다운 미소를 띠며 소년을 쳐다보던 아가씨의 눈은 어느 새 촉촉하게 젖어 반짝거리고 있었다.

"저 벤치에 계시는 분께 가서 말씀드려."

그녀는 기쁜 듯이 웃으며 말했다.

"내가 지금 만나 뵙고 싶어 한다고."

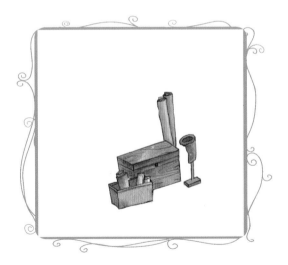

　교도소에 수감된 죄수 지미 밸런타인이 열심히 구두를 깁고 있었다. 그때 간수가 들어와 그를 형무소장에게 데리고 갔다. 형무소장은 지미에게 사면장을 건네주었다. 그날 아침 주지사가 서명한 사면장이었다. 지미는 못마땅한 표정으로 그것을 받아들었다.

　그는 4년의 형기 중 열 달 가까이 복역을 마친 상태였다. 처음에는 길어봤자 석 달이면 충분하리라 생각했다. 사실 지미 밸런타인처럼 외부에 많은 친구를 갖고 있는 사람이면 형무소에 수감되어도 머리를 깎을 필요가 없었다.

　"자, 밸런타인."

소장이 말했다.

"내일 아침에 나가게 될 거야. 정신 바짝 차리고 이번에는 인간답게 한번 살아보란 말이야. 자넨 속까지 나쁜 친구는 아니야. 금고는 이제 그만 털고, 제대로 살아."

"제가요?"

지미는 놀란 표정으로 말했다.

"무슨 말씀이세요. 전 여태껏 한 번도 금고를 턴 적이 없는 걸요."

"아, 그랬던가."

소장이 껄껄 웃었다.

"물론 그렇지. 그렇다면 어째서 그 스프링필드 사건에 연루됐지? 누군가 높으신 양반을 비호하느라 알리바이를 증명하지 않은 건가? 아니면, 자네한테 원한을 품은 비열한 배심원 때문인가? 무고하게 걸려드는 건 대게 이 둘 중 하나지."

"제가요?"

그는 여전히 백치 같은 표정으로 둘러댔다.

"소장님, 전 스프링필드가 어디에 붙어 있는지도 몰라요."

"크로닌, 이 친구를 데리고 가게."

소장이 미소를 지었다.

"사복으로 갈아입혀. 아침 일곱 시에 풀어주고 대기실로 내보내. 내 말 명심해 듣게, 밸런타인."

다음날 아침 7시 15분에 지미는 형무소장실 문 앞에 서 있었다. 그는 잘 맞지 않는 양복을 입은 채 헐렁하고 딱딱한 구두를 신고 있었다. 강제 연행된 사람이 석방될 때 주정부가 지급하는 선물이었다. 직원이 그에게 기차표와 5달러짜리 지폐 한 장을 주었다. 선량한 시민으로 돌아가 잘 살기를 바라는 취지에서 법 규정에 따라 제공되는 것이었다. 형무소장은 그에게 시가 한 개피를 주며 악수를 청했다. 죄수 명부에는 '9762호 죄수 밸런타인, 주지사의 사면 조치'라고 기록되었다. 그리하여 지미 밸런타인은 마침내 교도소 문을 열고 따뜻한 햇살 아래로 걸어 나갔다.

새들의 노랫소리와 바람에 살랑대는 푸른 나무 잎사귀들, 그리고 꽃향기 따위는 거들떠보지도 않은 채 지미는 곧장 근처에 있는 식당으로 들어갔다. 거기서 그는 통닭구이와 백포도주 한 병을 마셨다. 이어 형무소장이 준 것보다 더 고급스런 시가를 한 대 피우며 자유의 달콤함을 만끽했다. 그리고 느린 걸음으로 기차역을 향했다. 그는 역 입구에 앉아있는 맹인의 모자에 25센트짜리 동전 한 닢을 던져주고는 기차에 올랐다.

되찾은 양심

그로부터 세 시간 뒤 그는 주 경계선 가까이에 있는 작은 마을에서 내렸다. 그는 마이크 돌란이라는 사람이 경영하는 카페에 들어가서 카운터 뒤에 앉아 있던 주인과 악수를 나누었다.

카운터에서 혼자 술을 마시던 마이크는 지미를 보자 자리에서 벌떡 일어나 지미의 손목을 덥석 잡았다.

"좀 더 빨리 빼내주지 못해 미안하네."

마이크가 말했다.

"스프링필드에서 반대가 하도 심해서 주지사도 간신히 설득했어. 그래 기분은 어떤가?"

"좋아."

지미가 대답했다.

"참, 내 열쇠는?"

열쇠를 받아들고 이층으로 올라간 지미는 안쪽에 있는 방문을 열었다. 모든 것이 그대로였다.

방바닥에는 지미를 체포하려고 팔을 비튼 순간 명탐정 벤 프라이스의 와이셔츠 깃에서 떨어진 하얀 단추가 먼지를 뒤집어 쓴 채 떨어져 있었다. 잠시 후 벽에서 붙박이 간이침대를 꺼낸 지미는 벽의 널빤지 한 장을 밀고 먼지 묻은 여행용 가방을 꺼냈다.

그리곤 입에 바람을 한 가득 넣어 먼지를 불어 창가로 내보냈다. 가방 속에는 동부에서 제일 가는 밤도둑의 연장이 마치 주인을 기다리고 있었다는 듯 반짝이며 빛나고 있었다. 그것은 특별히 제작된 강철로 된 만능 연장으로 최신형 드릴과 착공기, 손잡이가 굽은 회전 송곳과 조립식 쇠지레, 집게 장도리와 나사송곳, 그리고 지미 자신이 고안한 연장도 두어 개 섞여 있었다. 이것은 연장만 전문으로 만드는 공장에서 900달러나 주고 특별히 주문해서 만든 것이다.

30분쯤 흐른 뒤 지미는 아래층으로 내려가 카페 안으로 들어갔다. 그는 헐렁한 옷과 딱딱한 구두를 벗어던지고 그가 가장 아끼는 양복을 꺼내 입었다. 몸에 잘 맞는 품위 있는 옷을 입고 깨끗하게 닦은 여행용 가방을 들고 있는 지미는 얼핏 보면 회계사 사무소나 은행 직원처럼 깔끔하고 신사 같은 인상을 풍겼다.

"일이 생긴 거야?"

마이크 돌란이 기분 좋게 물었다.

"나 말이야?"

지미가 어리둥절한 표정으로 물었다.

"무슨 말인지 모르겠는걸. 난 뉴욕 솔트 스냅 비스킷 크래커

되찾은 양심

회사 사원이야."

이 말에 몹시 기분이 좋아진 마이크는 우유를 탄 소다수 한 잔을 지미에게 내밀었다. 지미는 독한 술은 입에 대지도 않았던 것이다.

죄수 9762호, 지미 밸런타인이 풀려난 지 일주일 뒤 인디애나 주 리치먼드에서 금고 도난 사건이 발생했으나 범인이 누구인지 도무지 실마리를 잡지 못했다. 털린 돈은 총 800달러였다. 그리고 2주일 후 이번에는 로건스트에서 도난방지 특허까지 획득한 최신형 금고가 마치 치즈처럼 간단히 열려 현금 1,500달러가 털렸다. 금고 안에 있던 증권과 은화는 그대로 있었다. 이것이 형사들의 관심을 끌기 시작했다. 이어 제퍼슨 시내에 있는 은행의 구식 금고가 화산처럼 열려 지폐 5,000달러가 분화해 버렸다.

이번에는 피해가 큰 만큼 명탐정 벤 프라이스가 직접 뛰는 것으로 사건이 확대되었다. 피해 상황을 비교해 보니 금고를 터는 방법이 하나같이 똑같다는 것을 알 수 있었다. 벤 프라이스는 도난 현장을 조사한 뒤 자신의 의견을 발표했다.

"이건 지미 밸런타인의 수법이야. 그 녀석 또 일을 시작했군. 저 다이얼을 좀 보라고. 비오는 날 무 뽑듯이 쉽게 뽑혔잖아! 이런 걸 할 수 있는 집게 장도리를 가진 건 녀석뿐이야. 이 자물쇠의 회전판에 보기 좋게 뚫린 구멍을 좀 봐! 지미는 구멍을 두 개까지도 뚫지 않아. 그래, 밸런타인 선생을 잡아보자고. 이번엔 단기니 사면이니 하는 어리석은 짓은 절대 하지 않겠어. 아예 폭 썩게 하고 말 테다!"

벤 프라이스는 지미의 수법을 익히 알고 있었다. 스프링필드 사건을 세밀하게 조사하면서 알게 된 것이다. 재빠른 원거리 도주와 단독 범행, 고도의 범죄기술 등 타의 추종을 불허하는 수법이 밸런타인으로 하여금 교묘히 징벌을 면하는 사나이로 이름을 날리게 하고 있었다. 벤 프라이스가 이 종횡무진 금고털이를 뒤쫓고 있다는 소식이 발표되자 비로소 도난 방지용 금고를 가진 사람들은 조금 마음을 놓을 수 있었다.

어느 날 오후, 짙푸른 신갈나무가 무성한 아칸소 주 시골 철로에서 8km 쯤 떨어진 엘모어라는 작은 마을에 지미 밸런타인이 여행용 가방을 들고 우편배달 마차에서 내렸다. 지미는 흡사 막 고향에 돌아온 대학 4학년짜리 젊은 운동선수 같았다. 그는 넓은 길을 지나 호텔로 갔다. 한 젊은 여자가 길을 건너 길모퉁이에서 그를 지나쳐 '엘모어 은행'이라는 간판이 걸린 건물로 들어갔다. 지미 밸런타인은 그녀의 눈을 본 순간 자신의 신분을 까맣게 잊어버리고 말았

되찾은 양심

다. 그 순간 그녀도 눈을 내리깔고 다소 얼굴을 붉혔다. 지미 같은 스타일이나 용모의 젊은이는 엘모어에서 보기 드물었던 것이다.

지미는 은행 주인인 양 은행 돌층계에서 빈둥대고 있는 한 소년에게 10센트짜리 동전을 쥐어주면서 그 동네 사정을 캐묻기 시작했다. 그러는 동안 그 젊은 여자가 다시 건물에서 나와 젊은 여행자 따위는 별로 관심이 없다는 표정으로 무심히 지나쳤다.

"저 아가씨가 폴리 심슨 양인가?"

지미는 천연덕스레 시치미를 뚝 떼고 슬쩍 둘러쳤다.

"아뇨, 저 여자는 아나벨 아담스예요. 저 여자 아버지가 이 은행 주인인 걸요. 아저씬 무엇하러 엘모어에 오셨죠? 그 시계줄, 진짜 금이에요? 난 불독을 갖고 싶어요. 10센트 더 없으세요?"

지미는 플랜터즈 호텔로 가서 랄프 D. 스펜서라고 숙박부에 적고는 방을 예약했다. 그리고 프런트에 기대어 호텔 직원에게 자신의 용무를 설명했다. 장사를 시작할 장소를 물색하러 엘모어에 왔다고 둘러대고는 이곳에서 구둣방을 할 생각인데 전망이 좋은지를 물었다. 직원은 지미의 복장과 태도에서 좋은 인상을 받았다. 그 자신도 엘모어의 세련된 젊은이들 중에 비교적 유행에 앞서가고 있는 축이었지만, 지금의 지미와는 비교도 안 된다고 생각했다. 지미의 넥타이 맨 스타일을 눈여겨보며 그는 친절하게 많은 정보를 제공해 주었다.

"그렇습니다. 구둣방이라면 전망이 좋습니다. 이곳에는 구둣방이 한 곳도 없으니까요. 포목점과 잡화점에서 신발을 팔고 있지요. 어떤 장사라도 잘될 겁니다. 엘모어에 눌러앉으세요. 여긴 살기도 좋지만 인심도 그만이랍니다."

미스터 스펜서는 이곳에 이삼 일 더 머물면서 상황을 보겠다고 말했다. 호텔 직원은 보이를 부를 필요가 없었다. 그는 가방을 손수 들고 올라갈 생각이었다. 가방은 제법 무거웠다.

지미 밸런타인이란 재, 사랑의 불꽃에 타다 남은 죽음의 재 속에서 일어선 불사조, 랄프 스펜서는 엘모어에 머물러 자리를 잡았다. 구둣방이 성공을 거둔 것이다. 그는 많은 친구가 생길 만큼 대인관계도 성공했다. 마음속의 소원도 이루었다. 아나벨 아담스 양을 만나 점점 그녀의 매력에 빠져들었다.

1년 후 랄프 스펜서는 이곳 엘모어에서 확고하게 자리를 잡았다. 그는 마을 사람들의 존경을 한 몸에 받았고 구둣방은 번창했으며 아나벨 양과 약혼도 했다. 이제 결혼식을 2주일 앞두고 있었다. 전형적인 노력가인 시골 은행가 아담스 씨는 스펜서를 몹시 흡족해 했다. 그에 대한 아나벨의 자부심 또한 애정만큼이나 대단했다. 그는 아담스 씨 집에서나 시집간 아나벨의 언니 집에서나 식구처럼 지냈다.

그러던 어느 날, 그는 자기 방에 앉아 한 통의 편지를 썼다. 세인트루이스에 있는 옛 친구의 주소로 부치기 위해서였다.

그리운 친구!

다음 주 수요일 밤 아홉 시, 리트로크의 설리반 집으로 와주게. 의논할 일이 있네. 아울러 내 연장을 자네에게 주고 싶은데 기꺼이 받아주리라고 믿네. 1,000달러를 줘도 구할 수 없는 물건일세. 빌리! 난 이미 1년 전 예전의 그 일에서 손을 뗐네. 대신 좋은 가게를 하나 갖고 있지. 그리고 착실히 생활하고 있네. 2주일 후 이 세상에서 가장 훌륭한 처녀와 결혼을 한다네. 지금은 100만 달러를 준다고 해도 남의 돈에 손대는 일은 절대 하고 싶지 않아. 결혼하면 가게를 팔아 서부로 갈 계획이네. 그곳에 가면 옛날의 상처를 들춰낼 사람이 없겠지. 다시 말하지만, 그 처녀는 천사나 다름없어. 빌리, 날 믿어주게. 무슨 일이 있어도 난 이제 그릇된 짓은 하지 않아. 그날 꼭 만날 수 있을 것이라 믿겠네.

- 옛 친구 지미로부터

지미가 이 편지를 부친 다음 월요일 밤 벤 프라이스는 마차를 타고 아무도 모르게 엘모어로 숨어들었다. 그는 지미에 관해 알아낼 때까지 소리 없이 시내를 돌아다녔다. 길을 사이에 둔 스펜서의 구둣방 맞은편 약국에서 그는 랄프 스펜서를 찬찬히 훑어보았다.

"은행가의 딸과 결혼한다 이거지, 지미?"

벤은 혼자 중얼거렸다.

"하지만 두고 볼 일이야."

다음날 아침, 지미는 아담스 씨 집에서 아침식사를 했다. 그날은 예복도 맞출 겸 아나벨에게 근사한 선물도 살 겸 리틀로크에 갈 예정이었다. 엘모어에 온 뒤 이곳을 떠나보기는 이번이 처음이었다. 원래의 직업인 '그 일'에서 손을 뗀 지도 1년이 넘었으므로 이제는 외출을 해도 괜찮다고 생각한 것이다.

아침식사를 마친 뒤 가족 모두가 함께 시내로 나갔다. 아담스 씨, 아나벨, 지미, 5세와 9세짜리 딸을 데리고 온 아나벨의 언니가 지미가 묵는 호텔에 도착했다. 지미는 방으로 올라가 여행가방을 들고 왔다. 그리고 모두 은행으로 향했다. 그곳에는 지미의 말과 마차, 그리고 그를 역까지 태워줄 돌프 깁슨이 기다리고 있었다. 그들은 조각을 새긴 높다란 떡갈나무 난간 안쪽에 있는 은

되찾은 양심

행 사무실로 들어갔다. 지미도 그 속에 끼어 있었다. 아담스 씨의 장래 사윗감은 어디를 가나 환영을 받았다. 은행 직원들은 아나벨 양의 약혼자인 잘 생긴 미남의 인사를 받고 모두 기뻐했다. 지미는 여행가방을 내려놓았다. 솟구치는 의욕과 행복감에 젖어 있는 사이 아나벨이 지미의 모자를 쓰고 가방을 들었다.

"어때요, 근사한 외판원 같아 보이죠?"

아나벨은 명랑하게 말했다.

"어머 랄프, 이 가방은 왜 이렇게 무겁죠? 꼭 황금 덩어리라도 든 것 같군요."

"니켈 구두주걱이 가득 들어 있어요."

지미는 차분하게 대꾸했다.

"지금 돌려주러 가는 길이에요. 직접 들고 가면 운임이 절약될 것 같아서. 나도 구두쇠가 다 됐다니까요."

때마침 엘모어 은행은 막 새 금고를 설치한 후였다. 아담스 씨가 그것을 자랑하고자 사람들에게 구경을 시키고 싶어 안달했다. 금고는 작았지만 새로운 특허를 획득한 문이 달려 있었다. 손잡이 하나로 동시에 조작할 수 있는 튼튼한 3개의 강철 빗장으로 닫혀 있었고, 시간장치의 자물쇠가 달려 있었다. 아담스 씨는 만면에

웃음을 가득 머금은 채 조작 방법을 스펜서에게 설명해 주었다.

스펜서는 정중한 태도로 듣고 있었지만 별로 관심이 없었다. 두 어린아이 에거서와 메기만이 번쩍거리는 금속과 우습게 생긴 시계와 손잡이를 보고 재미있어 할 뿐이었다.

사람들이 이런 일에 정신이 팔려 있는 동안 벤 프라이스가 어슬렁어슬렁 안으로 들어와 턱을 두 손으로 고인 채 슬쩍 안을 살펴봤다. 출납계원에게는 볼일이 없지만 누군가를 기다린다고 둘러댔다. 그 순간 갑자기 여자들 사이에서 외마디 비명이 나왔고 이어 큰 소동이 벌어졌다. 어른들이 한눈을 파는 사이 아홉 살짜리 메기가 장난삼아 에거서를 금고 안에 가두고 아담스 씨가 했던 대로 빗장을 내린 후 자물쇠 다이얼을 돌려버린 것이다. 노은행가가 손잡이에 매달려 잡아당겨 보았지만 문은 꿈쩍도 하지 않았다.

"문이 안 열려!"

그가 신음하듯 말했다.

"시계에 태엽을 감아두지 않은 데다 자물쇠도 맞춰놓지 않은걸."

에거서의 어머니가 신경질적으로 소리를 질렀다.

"조용히들 해요!"

떨리는 손을 들어 아담스 씨가 목청껏 아이의 이름을 불렀다.

되찾은 양심

"잠시 조용히들 하라고. 에거서야! 내 말 들리니?"

주위가 조용해졌을 때, 깜깜한 금고실 안에서 겁에 질려 마구 울어대는 아이의 울음소리가 희미하게 들려왔다.

"오, 우리 딸 에거서!"

아이의 어머니가 울부짖었다.

"아이가 겁에 질려 죽겠어요! 빨리 문을 여세요! 문을 부수고 열란 말이에요! 남자 분들이 어떻게 손을 쓸 수 없나요?"

"리틀로크에나 가야 이 문을 열 수 있는 사람이 있다고!"

아담스 씨가 떨리는 목소리로 말했다.

"아, 큰일났군! 스펜서 군, 어찌하면 좋겠나! 에거서는 저 안에서 오래 버티지 못해. 공기도 별로 없고 겁에 질려 기절할지도 몰라."

에거서의 어머니는 미친 사람처럼 두 주먹으로 금고 문을 마구 두드렸다. 누군가 다이너마이트를 사용하자는 극단적인 제안을 했다. 잔뜩 겁을 먹은 아나벨이 한 가닥 희망을 기대하는 눈초리로 지미를 올려다보았다. 여자란 자신이 사랑하는 남자에겐 불가능이 없다고 생각하게 마련이다.

"어떻게 좀 해 보세요, 랄프, 방법이 없을까요?"

랄프는 날카로운 입술과 눈매에 정체를 알 수 없는 다정한 미

여자란,

자신이 사랑하는 남자에겐

불가능이 없다고 생각하게 마련이다.

소를 지으면서 그녀를 바라보았다.

"아나벨, 당신이 꽂고 있는 그 장미, 나에게 주지 않겠소?"

혹시 잘못 들은 것은 아닌지 자신의 귀를 의심하면서 아나벨은 가슴에 꽂은 장미를 스펜서의 손바닥에 올려놓았다. 지미는 그것을 조끼 주머니에 밀어 넣더니 재킷을 벗어 던지고 와이셔츠 소매를 걷어 올렸다. 그와 동시에 랄프 D. 스펜서의 존재는 사라지고 어느덧 지미 밸런타인이 그 자리에 나타났다.

"여러분 모두 문 앞에서 비켜나십시오."

그가 단호하게 명령했다. 그는 여행용 가방을 책상 위에 올려놓고 뚜껑을 양손으로 열었다. 다른 사람의 존재 따위는 전혀 의식하지 않는 듯했다. 일을 할 때면 언제나 하던 습관대로 그는 조용히 휘파람을 불었다. 그리고는 번쩍이는 기묘한 연장을 재빨리 꺼내어 순서대로 늘어놓았다.

사람들은 소리도 내지 못한 채 꼿꼿이 서서 마치 마법에 걸린 듯 그의 날렵한 손동작을 지켜보았다. 1분도 채 안 되어 지미가 애용하는 드릴이 강철 문으로 미끄러져 들어갔다. 그리고 10분후 그는 여태까지 자신이 보유하고 있던 최단 시간의 기록을 깨며 빗장을 들어올렸다. 거의 쓰러질 정도로 기진맥진해 있던 에

되찾은 양심

거서가 무사히 어머니 품에 안겼다.

일을 마치자 지미 밸런타인은 재킷을 입고 은행 정문을 향해 걸어갔다. "랄프"하고 뒤에서 희미하게 자신을 부르는 낯익은 목소리가 들렸지만 그는 뒤돌아보지 않고 의연하게 걸어갔다. 문 앞에서 건장한 체구의 한 남자가 그의 앞을 가로막았다.

"안녕하시오. 벤."

여전히 묘한 미소를 머금은 채 지미가 인사를 했다.

"드디어 나타나셨군. 자 갑시다. 이렇게 된 마당에 아무려면 어떻겠소."

그러나 처음부터 지미의 행동을 쭉 지켜보던 벤 프라이스는 예상 밖의 반응을 보였다.

"뭔가 오해를 하셨네요, 스펜서 씨! 전 선생을 모릅니다. 밖에서 마차가 선생을 기다리고 있더군요."

말을 마친 벤 프라이스는 몸을 돌려 천천히 거리를 따라 걸어 내려갔다.

。 떡갈나무 숲의 왕자님

　　하루의 고된 노동이 끝났다. 밤 9시였다. 레나는 지친 몸을 이끌고 '석공들의 숙소' 3층에 있는 자신의 다락방으로 들어갔다. 날이 새기 무섭게 레나는 숙소 마룻바닥을 닦고 무거운 사기 접시와 컵을 씻어야 했다. 그리고 손님들이 빠져나간 침대를 정리한 후에는 이틀치 장작을 나르고 음식을 만들기 위해 깨끗한 물을 길어와야 한다. 남포질과 드릴 소리, 거대한 기중기가 삐걱거리는 소리, 석공들이 외치는 소리, 커다란 석회암 덩어리를 끄는 운반차 오가는 소리가 그치는 늦은 밤이 되어야 레나는 하루 종일 입고 있던 앞치마를 겨우 벗을 수 있었다.

　　　　　　　　　　　　　　　　　떡갈나무 숲의 양자님

아래층에서는 서너 명의 석공들이 밤늦도록 내기 체스를 두며 불평을 늘어놓기도 하고 서로 심한 욕설을 퍼붓기도 했다. 삶은 고기며 뜨거운 기름, 그리고 싸구려 커피 등이 뒤섞인 퀴퀴한 냄새가 짙은 안개처럼 실내를 맴돌고 있었다.

레나는 쓰다 남은 양초자루 토막에 불을 붙인 뒤, 나무의자에 힘없이 앉았다. 야위고 병색이 완연한 열한 살짜리 소녀의 등과 팔 다리는 여기 저기 안 아픈데 없이 욱신거렸다. 그러나 가장 참기 힘든 것은 마음의 고통이었다.

얼마 전에 겪은 일은 그녀의 작은 어깨를 더욱 힘겹게 짓눌렀다. 그녀가 가장 아끼는 '그림 동화집'을 볼 수 없게 된 것이다. 몸이 아무리 피곤해도 밤이 되면 레나는 희망과 위로를 찾아 '그림 동화책'을 집어들곤 했다. 책 속의 동화들은 머지않아 왕자님이나 요정이 찾아와 악마의 마법에서 자신을 구해줄 것이라고 속삭여 주었다. 이렇게 그녀는 밤마다 그림책에서 새로운 용기와 힘을 얻곤 했다.

동화책에서 어떤 이야기를 읽든지 레나는 그것을 꼭 자신의 처지와 비교하며 생각하는 버릇이 있었다. 길 잃은 나무꾼 아이나 가엾은 바보 소녀, 구박받는 의붓딸과 마킨 할머니의 오두막에 갇힌 소녀 등 '석공 호텔'에서 죽도록 일하고 있는 부엌데기 레나에게는 그 애들이 모두 또 다른 자신처럼 느껴졌다. 하지만 레나가 동화책을 읽으며 가장 즐거워하는 대목은 결말 부분이었다.

주인공이 위급한 처지에 몰리면 언제나 마음씨 고운 요정이나 왕자님이 주인공을 구하러 달려오기 때문이다. 동화책 속의 주인공들처럼 레나는 언젠가 자신을 구해줄 왕자가 꼭 오리라는 희망을 품고 있었다.

그런데 어제 레나의 방에서 이 책을 발견한 머로니 아주머니는 부엌데기 주제에 무슨 책을 읽느냐며 레나의 책을 빼앗아 갔다. 밤에 책이나 읽으니 낮에 꾸벅꾸벅 졸기나 하고 해야 할 일도 못한다며 냅다 호통을 쳐 댔다. 엄마 품을 떠나 멀리 떨어져 살면서 혹사당하고 있는 열한 살짜리 소녀의 '그림 동화집'이 다락방에서 쫓겨나면서 레나의 소중한 희망마저 사라져 버렸다.

레나의 집은 텍사스 주 피더네일즈 강가 소박한 산골인 프레드릭스버그라는 작은 마을에 있었다.

프레드릭스버그에는 주로 독일계 이민자들이 모여 살고 있었다. 저녁이면 사람들은 길가에 늘어놓은 조그만 식탁에 둘러앉아 맥주를 마시고 트럼프 놀이를 하면서 스캐트 재즈를 부르곤 한다.

그들은 모국인 독일 사람들답게 매우 검소한 사람들이었다.

그중 가장 지독한 구두쇠는 레나의 아버지 피터 헬데스뮬러였다. 레나가 집에서 48km나 떨어진 채석장 호텔에서 일을 하게 된 것도 모두 아버지 때문이었다. 레나는 거기서 일주일에 3달러를 받았는데 그 돈은 아버지가 한 푼도 축내지 않고 저축하고 있었다. 피터는 이웃에 사는 휴고 에펠바워처럼 부자가 되겠다는 욕심을 갖고 있었다. 이 휴고 에펠바워는 길이가 90cm가 넘는 파이프 담배를 피우면서 저녁식사로는 날마다 송아지 커틀릿과 토끼 고기를 먹었다.

시기심이 생긴 피터는 레나도 일을 해 재산을 불릴 수 있는 나이가 됐다고 생각한 것이다. 그러나 이제 겨우 열한 살을 넘긴 어린 소녀가 라인 강변의 마을을 연상시키는 즐거운 집을 떠나 혹독한 노동을 하기 위해 악마의 성으로 가는 심정이 어떨지 상상해 보라.

그곳에서 악마들이 소와 양을 잡아먹고 있을 때 부지런히 그들을 섬겨야 하고, 악마들이 큰 구둣발로 마룻바닥을 짓밟고는 흰 석회가루를 뿌리며 난폭한 소리를 지를 때 그 연약하고 거칠어진 손으로 마룻바닥을 깨끗이 닦고 광을 내야 했다. 게다가 그녀에게 유일하게 위안을 주던 그림책까지 빼앗겨 버렸다니!

책 속의 동화들은 머지않아 왕자님이나 요정이 찾아와

악마의 마법에서 자신을 구해줄 것이라고 속삭여 주었다.

이렇게 그녀는 밤마다 그림책에서 새로운 용기와

힘을 얻곤 했다.

레나는 옥수수 통조림이 들어 있던 낡은 상자 뚜껑을 열고 종이와 몽당연필을 꺼냈다. 어머니에게 편지를 쓸 생각이었다. 편지는 토미 라이언이 배린저 노인의 집 앞에 있는 우체통에 넣어 주기로 돼 있었다.

토미는 열일곱 살이었다. 그는 채석장에서 일하고 밤에는 언제나 배린저의 집으로 돌아갔다. 지금 그는 레나의 창문 밑 어둠 속에 숨어서 레나가 편지를 던져주기만을 기다리고 있었다. 그것이 프레드릭스버그에 편지를 보낼 수 있는 유일한 방법이었다.

그리운 엄마!

나는 엄마가 너무나 보고 싶어요. 그리고 그레텔도 클라우스도 하인리히도 어린 아돌프도요. 나는 몹시 피곤해요. 엄마가 보고 싶어요. 오늘은 머로니 아줌마가 저를 때리고 저녁밥도 주지 않았어요. 손이 아파서 장작을 많이 갖다놓지 못했거든요. 어제 아줌마가 내 책을 빼앗아 가버렸어요. 레오 아저씨가 사주신 '그림 동화집' 말이에요.

내가 책을 읽어도 다른 사람에게 폐를 끼치지 않는 데도 말이에요. 될 수 있는 한 열심히 일하려고 하지만 매일 해야 할 일이 너무

떡갈나무 숲의 앙자님

많아요. 그래서 동화책을 밤마다 조금밖에 읽을 수 없었어요. 엄마 내가 지금부터 어떻게 할 생각인지 말씀드릴게요. 내일 사람을 보내서 나를 집으로 데려가 주지 않으면 나는 깊은 강물에 빠져 죽어버릴래요. 빠져 죽는 일은 나쁜 일이겠지요. 하지만 엄마가 너무 보고 싶은데 여기에는 아무도 없어요. 오늘은 너무 고단해요. 그리고 토미가 이 편지를 기다리고 있어요. 엄마, 내가 죽더라도 부디 용서해주세요.

- 엄마의 사랑하는 소중한 딸, 레나

레나가 편지를 다 쓸 때까지 토미는 묵묵히 기다렸다. 그리고 레나가 편지를 창밖으로 던지자, 그것을 집어들고 험한 산을 기어 올라갔다.

레나는 옷도 갈아입지 않고 촛불만 끄고는 마룻바닥에 누워 몸을 동그랗게 움츠리고 잠을 청했다.

밤은 점점 깊어가고 북쪽에서 달려온 찬 바람이 레나의 방을 감싸고 있을 무렵 배린저 노인은 양말을 신고 집 밖으로 나와 대문에 기대어 파이프 담배를 피우고 있었다. 그는 달빛을 받아 하얗게 빛나는 드넓은 거리를 가만히 내려다보면서 한쪽 발을 들어서 반대쪽 발의 복숭아 뼈를 긁었다. 곧 프레드릭스버그로 가는 우편마차가 말발굽 소리를 내며 달려올 것이다.

마지막 담배 연기가 길게 밤하늘로 솟아오를 때 멀리서 프리츠의 조그만 검정 노새 두 마리의 힘찬 발굽 소리가 들려왔다. 이내 용수철이 달린 프리츠의 우편마차가 배린저 노인의 집 앞에 와서 섰다. 프리츠의 커다란 안경이 달빛에 반사되어 반짝거렸다.

그는 아주 큰 소리로 배린저 우체국장에게 인사를 했다. 그리곤 마차에서 뛰어내려 노새의 고삐를 풀었다. 배린저 씨 집에서 항상 노새에게 귀리를 먹였기 때문이었다. 노새가 사료 자루에 담긴 귀리를 먹는 동안 배린저 노인은 집 안에서 우편물 자루를 들고 나와 마차 안으로 던졌다.

우편마차를 끄는 프리츠 베르크만은 언제나 세 가지 일에 신경을 썼다. 아니, 노새 두 마리를 따로 계산한다면 정확히 네 가지가 된다. 그가 제일 가장 많이 신경을 쓰는 것은 바로 자신의 마차를 끄는 노새였다. 노새는 그의 생활과 떨어질래야 떨어질 수 없는 충실한 친구이자 일꾼이었다. 다른 하나는 독일 황제에 관한 것이고, 마지막으로 그가 신경 쓰는 일은 바로 석공 호텔에서 일하고 있는 어린 레나 힐데스퓰러에 관한 일이었다.

떡갈나무 숲의 왕자님

"잠깐만요."

출발 준비를 마친 프리츠가 말했다.

"채석장의 꼬마 아가씨 레나가 엄마한테 보내는 편지가 자루에 들어 있나요? 지난번에 몸이 아프다는 편지를 보냈거든요. 그 후 그 애 엄마가 레나 소식을 궁금해 해서요."

"있지."

배린저 노인이 대답했다.

"힐데스퓔러 부인인지 뭔지 하는 이름 앞으로 가는 편지가 한 통 있더구먼. 토미 라이언이 들고 온 거야. 그 애가 그런데서 일하고 있었나?"

"저 위의 석공 호텔에서 일하고 있지요 한참 엄마 뒤꽁무니나 쫓아다닐 어린애가 말입니다."

프리츠는 고삐를 말아 쥐며 큰 소리로 대답했다.

"이제 겨우 열한 살인데, 꼭 쥐방울만해요. 그놈의 구두쇠 피터 영감! 언젠가는 그 영감의 돌대가리를 박살내 버릴 테야. 어디서든 만나기만 해봐라. 레나가 좀 나아졌다고 쓴 편지라면 좋을 텐데. 그럼 그애 어머니도 좋아할 테니까요. 그럼, 안녕히 계세요. 배린저 영감님, 밤공기가 찹니다. 발이 얼지 않게 얼른 들어가세요."

"또 보자고. 조심하게 프리츠."

배린저 노인이 말했다.

"하긴 마차를 몰기에는 시원해서 좋은 밤이겠네."

프리츠가 고삐를 잡아당기자 작은 검정 노새들은 힘차게 달리기 시작했다. 프리츠는 간혹 큰 소리로 노새들에게 애정과 격려의 말을 해주었다. 그가 쓸데없는 온갖 공상을 하면서 배린저 씨집에서 13km나 떨어진 큰떡갈나무 숲에 이르렀을 때다.

갑자기 난데없는 불빛과 요란한 권총소리, 그리고 고함 소리에 그의 공상은 산산조각나고 말았다. 말을 탄 한 무리의 괴한들이 순식간에 우편마차를 둘러쌌다. 그중 한 명이 마차 앞을 가로막으며 프리츠에게 권총을 들이댔다.

"멈춰!"

그가 명령했다. 다른 괴한들은 노새의 고삐를 낚아챘다.

"무슨 수작들이야."

프리츠는 겁먹지 않고 목청껏 고함을 내질렀다.

"도대체 뭐하는 놈들이냐? 썩 물러서지 못해. 이건 미합중국의 우편물이야!"

"흐흐, 넌 지금 강도를 만난거야. 자, 마차에서 내리라고, 이 독일 놈아."

위협적인 목소리가 낮게 울려 퍼졌다.

프레드릭스버그로 가는 우편마차가 여태까지 약탈을 당하지 않은 것은 흔도 빌의 범죄 조직이 규모도 큰 데다 원대한 포부를 지니고 있었기 때문이었다. 사자가 배를 채울만한 먹잇감을 찾아 나섰다가 도중에 만난 토끼를 장난삼아 발길질하듯이 흔도 빌 일당인 이 도둑들도 프리츠의 평화로운 우편마차를 장난삼아 습격한 것이다.

이들의 본업인 밤의 습격은 이미 끝나 있었다. 프리츠와 우편물 자루와 노새는 힘든 본업이 끝난 후의 가벼운 여흥감이었다. 거기서 동남쪽으로 32km 떨어진 곳에는 약탈당한 급행열차와 우편열차가 꼼짝없이 서 있었다. 기관차는 파괴되었고 승객들은 미친 듯이 흥분하고 있었다. 다름 아닌 흔도 빌과 그 일당이 저지른 범행이었다.

지폐와 은화 등 상당한 돈을 탈취한 강도들은 리오그란데 강을 따라 멕시코로 숨어들기 위해 인적이 드문 이곳을 지나 서쪽으로 우회하고 있었다. 강도들은 열차 습격으로 얻은 노획물이 많았기 때문에 몹시 들떠 있었다.

프리츠는 너무도 갑자기 당한 일이어서 덜덜 떨고 있었으나 정신을 바짝 차리고 악당들의 요구대로 마차에서 뛰어내렸다. 강도들은 노래를 부르고 껑충껑충 뛰거나 소리를 지르면서 법의 구속에서 벗어난 자유의 기쁨을 만끽하고 있었다. 노새를 지키고 있던 '방울뱀' 로저스가 얌전한 노새 돈더의 고삐를 거칠게 끌어당기는 바람에 돈더는 뒤로 비틀거리며 항의하듯 히히힝 울어 제꼈다.

화가 난 프리츠는 외마디 소리를 지르며 덩치 큰 로저스에게 덤벼들었다. 그리곤 돈더를 놀라게 한 강도를 마구 때리기 시작했다.

"이 악당 놈아!"

프리츠가 소리쳤다.

"이 짐승 같은 놈! 노새가 아프다고 하잖아, 네놈의 모가지를 뽑아버릴 테다. 이 강도 같은 놈아!"

"허허허!"

방울뱀은 큰 소리로 웃으며 머리를 움츠렸다.

"이봐, 이 배추통 좀 쫓아버려!"

그러자 일당 중 한 명이 프리츠의 옷자락을 잡아끌었다. 방울뱀은 주위가 쩌렁쩌렁 울릴 만큼 큰 소리로 외쳤다.

"이 소시지 같은 놈!"

이윽고 그는 빙글빙글 웃으며 소리쳤다.

"이놈은 독일 놈치고 겁이 없군. 노새를 걱정하잖아. 아무리 하찮은 노새라지만 어쨌든 자기 말을 아끼는 걸 보면 생각은 있는 놈이군. 좋아, 좋아, 알았다고. 노새님, 다시는 네 주둥이를 아프게 하지 않을게."

이때 부두목인 밴 무디가 수입을 더 늘리겠다는 잔꾀를 부리고는 우편물을 샅샅이 뒤지기 시작했다.

"이봐, 두목."

밴 무디가 흔도 빌에게 말했다.

"이런 우편물 속에는 굉장한 보물이 숨어 있을지도 몰라. 프레드릭스버그 근처에서 독일 놈과 말장사를 해봐서 놈들의 수법을 잘 알지. 거기에서는 상당한 돈이 우편으로 배달된단 말이야. 그곳 독일 놈들은 몇 천 달러나 되는 돈을 은행에 넣지 않고 종이에 싸서 우편으로 보내는 위험한 짓을 한다니까."

2m 가까이 되는 키에 음성이 부드럽고 행동이 민첩한 흔도 빌은 무디의 말이 끝나기도 전에 이미 마차에서 자루를 끌어내리고 있었다. 그의 손에 들려 있는 반짝이는 칼이 단단한 자루를 뚫고 들어가자 찌익 소리와 함께 자루 속에 들어 있던 우편물이 쏟아졌다.

강도들은 주위에 몰려들어 편지 발신인들에게 욕설을 퍼부으며 편지와 소포를 뜯기 시작했다. 그러나 밴 무디의 예측은 빗나갔다. 프레드릭스버그로 가는 우편물 속에서는 단 1달러도 나오지 않았다.

"네놈은 부끄럽지도 않냐?"

흔도 빌은 언짢은 투로 우체부에게 말했다.

"이런 쓰레기 같은 종이 부스러기만 잔뜩 싣고 어쩌자는 거냐? 너희 독일 놈들은 대체 돈을 어디다 숨겨놓는 거냐?"

그때 배린저가 실어준 우편주머니도 흔도 빌의 칼에 누에고치처럼 찢어졌다. 그 속에는 한 줌의 우편물밖에 들어 있지 않았다. 프리츠는 공포와 흥분으로 정신을 차릴 수 없었다. 강도들은 마침내 우편물 속까지 뜯어보기 시작했다. 그는 순간적으로 레나의 편지도 그들에 의해 찢겨지리라는 생각에 아찔했다. 그는 두목에게 달려가 그 편지만은 제발 뜯지 말라고 애원했다.

"고맙다. 독일 놈아!"

당혹스런 표정으로 어쩔 줄 몰라 하는 우체부를 보며 즐거운 목소리로 두목이 말했다.

"이게 바로 우리가 찾던 편진가 보군. 그래, 이 속에 보물이 들어 있는 게 틀림없어. 모두들 나와서 불을 밝혀라."

흔도 빌은 잔뜩 기대를 안고 레나가 어머니에게 보낸 편지의 겉봉을 뜯었다. 다른 사람들은 주위에 모여 비뚤비뚤 이어진 글씨를 기대에 찬 눈으로 읽어나갔다. 흔도 빌은 네모난 독일식 봉투 속에 들어 있는 한 장의 종이를 못마땅한 듯 들여다 보았다.

"이게 뭔지 모르겠다만 아무튼 네놈은 이걸로 우릴 골탕 먹이려는 속셈이렸다. 이 독일 놈아! 이게 그렇게 소중한 편지란 말이냐? 네놈의 우편배달을 도와주겠다고 일부러 찾아온 우리를 이렇게 속이다니. 이놈 아주 당돌하군."

"이건 중국말이야."

한 악당이 흔도 빌의 어깨 너머로 편지를 들여다보며 말했다.

"웃기지 마!"

검은 손수건과 도금을 한 마스크로 얼굴을 가린 건장하고 젊은 악당이 말했다.

"이건 속기라는 거야. 언젠가 재판정에서 이런 글씨를 본 적이 있다고."

"천만에! 그게 아니야. 아니고 말고. 이건 독일 말이라고."

프리츠는 악당들의 어처구니없는 대화에 끼어들었다.

"아주 어린 여자애가 엄마한테 보내는 편지라고요. 집 떠나 병든 몸으로 열심히 일하는 가엾은 소녀지요. 당신들은 이런 짓을 하고도 부끄럽지 않소? 이봐요. 친절한 강도 양반! 제발 그 편지만은 돌려주시오."

"아니, 이 영감탱이가. 네놈은 우리가 인정도 없는 천하의 악당인 줄 아느냐?"

별안간 흔도 빌은 거친 목소리로 고함을 질렀다.

"설마 우리처럼 마음 여린 신사들이 어린 소녀의 가엾은 처지를 모른 체하고 지나칠 거라고 생각하는 건 아니겠지? 이리 와서 여기 교양이 풍부한 신사들에게 이 편지를 알기 쉬운 미국말로 고쳐서 읽어봐. 큰 소리로 읽으란 말이야. 어서. "

흔도 빌은 6연발 권총의 안전장치를 만지작거리며 몸집이 자그마한 독일인 앞에 버티고 섰다.

프리츠는 서둘러 편지를 영어로 읽기 시작했다. 강도들은 묵묵히 귀를 기울이고 서 있었다.

"그 애는 몇 살이지?"

레나의 편지 내용을 다 듣고 나서 흔도 빌이 물었다.

"열한 살."

"지금 어디 있어?"

떡갈나무 숲의 양자님

"저 채석장에요. 거기서 일하고 있습죠."

프리츠는 레나의 편지를 읽으며 분노가 섞인 한숨을 내쉬었다.

"아아, 큰일이야. 세상에 열한 살밖에 안 된 어린애가 물에 빠져 죽겠다는 소리를 하다니. 정말로 그럴지도 몰라. 만약 그랬다간 내 그놈의 피터 영감을 총으로 쏴 죽이고 말테다."

편지를 들고 있던 프리츠의 두 손이 슬픔과 분노로 가볍게 경련을 일으켰다.

"너희 독일 놈들은…."

가만히 생각에 잠긴 듯 고개를 떨구고 있던 흔도 빌이 순간 경멸하는 말투를 결연한 목소리로 바꾸며 말했다.

"정말 지긋지긋한 놈들이야. 모래밭에서 인형이나 가지고 놀면 딱 좋을 어린애를 삭막한 일터로 내몰다니. 지옥에나 떨어질 놈들. 본때를 보여주마. 그동안 영감은 여기 좀 있어야겠어."

가까운 곳에서 부하들과 간단하게 의논을 마친 흔도 빌은 프리츠를 한쪽으로 끌고 갔다. 부하들은 민첩하게 프리츠를 나무에 묶었다. 다른 부하들은 두 마리의 노새를 역시 근처 다른 나무에 묶었다.

"너희들을 해치자는 게 아니야."

흔도 빌은 잔뜩 겁을 먹은 프리츠를 안심시키듯 점잖게 말했다.

"잠깐 나무에 묶여 있어도 죽진 않아. 자, 우린 가봐야겠다. 한동안 우편물 배달은 안 해도 될 거야. 그러니 괜히 조바심 떨지 말고 마음 푹 놓고 있으라고. 이 독일 영감탱이야."

프리츠는 강도들이 말에 올라타느라 한꺼번에 안장이 삐걱대는 소리를 들었다. 그리곤 고함소리와 함께 프레드릭스버그로 돌아가는 말발굽 소리가 요란하게 울려 퍼졌다.

프리츠는 두 시간 동안이나 나무에 묶인 채 앉아 있었다. 잔뜩 긴장했던 몸이 풀리면서 그는 꾸벅꾸벅 졸기 시작했다. 얼마나 잤을까.

갑자기 누군가가 밧줄을 풀었다. 겨우 몸을 일으킨 그는 정신이 없고 어지러워 금방이라도 쓰러질 지경이었다. 눈을 비비고 보니 다시금 그 끔찍한 강도 일당들에게 둘러싸여 있었다. 그들은 프리츠를 떠밀어 말안장에 앉히고는 말고삐를 쥐어주었다.

"독일 영감, 이제 집으로 가시지."

강압적인 흔도 빌의 목소리였다.

"빌어먹을, 이놈의 영감탱이가 여간 성가시게 하는구먼. 꼴도 보기 싫으니까 어서 썩 꺼져버려. 자, 오늘은 두 건이나 해치웠군. 이제 맥주나 마시자! 가자!"

흔도 빌은 어리둥절한 상태로 앉아 있는 우편배달부를 대신

해 노새 블리첸 쪽으로 다가갔다. 그리고는 있는 힘껏 채찍을 휘둘렀다. 조그만 노새들은 신이 나서 앞으로 내달렸다. 프리츠는 마음이 급했지만 두려움으로 여전히 가슴이 두근거렸다. 도대체 어떻게 돌아가는 것인지 정신을 차릴 수 없었다. 하지만 그 와중에도 프리츠에게 떠오르는 생각은 단 한 가지였다.

시간표대로라면 벌써 프레드릭스에 도착했어야 할 시간이었다. 그러나 이런 불상사 때문에 열한 시가 되어서야 그는 시내로 접어들었다. 프리츠는 자신이 약탈자들에게 붙잡혀 있는 동안 레나에게 무슨 일이라도 일어났을 것만 같아 급하게 마차를 몰았다.

우체국에 가려면 피터 힐데스뮐러의 집을 거쳐야 했으므로 그는 피터 집 앞에 노새를 세우고 문을 두드렸다. 늦은 시간이었지만 레나 엄마는 혹시나 하는 마음에 늙은 우편배달부를 기다리고 있었다.

뚱뚱한 힐데스뮐러 부인이 얼굴을 붉히며 레나의 편지를 가지고 왔는지 물었다. 프리츠는 숨을 헐떡이며 떨리는 목소리로 자초지종을 설명했다. 그리고 그가 강도에게 읽어준 레나의 편지 내용도 들려주었다. 그러자 힐데스뮐러 부인은 그 자리에 주저앉아 목놓아 울기 시작했다.

"레나가 물에 빠져 죽다니! 왜 그 애를 일터로 내몰았단 말인

젖은 솜처럼 지친 레나는 눈을 뜨기조차 힘들었지만

미소를 지으며 그토록 보고 싶었던 엄마의 품에 안겼다

가요! 아, 어쩌면 좋아! 지금 당장 그 애를 찾으러 가도 이미 때가 늦은 건 아닐까요!"

그녀의 옆에 서 있던 레나의 구두쇠 아버지는 들고 있던 파이프 담배를 떨어뜨렸고 그것은 산산조각났다.

"이 여편네야!"

그가 아내에게 호통을 쳤다.

"어쩌자고 그 애를 내쫓은 거야. 그 애가 돌아오지 않으면 당신 책임인 줄 알라고."

하지만 그것이 피더 힐데스뮬러의 책임이란 건 누구나 다 알고 있었으므로 아무도 그의 말에 귀를 기울이지 않았다.

그때 어디선가 낯설고 가냘픈 목소리가 들려왔다.

"엄마!"

힐데스뮬러 부인은 처음에는 레나의 혼령이 부르는 소리인 줄 알았으나 뜻밖에도 좀 더 또렷한 음성이 그녀를 여러 차례 부르고 있었다. 힐데스뮬러 부인은 정신없이 프리츠의 마차 뒤로 달려갔다. 그리고 미처 어찌 된 일인지 묻기도 전에 요란한 기쁨의 환성을 터뜨리며 레나를 부둥켜안고 그녀의 창백한 얼굴에 키스를 퍼부었다.

젖은 솜처럼 지친 레나는 눈을 뜨기조차 힘들었지만 미소를 지으며 그토록 보고 싶었던 엄마의 품에 안겼다. 우편물 자루의 낯선 담요에 파묻힌 채 잠에 곯아떨어져 있던 레나는 사람들이 떠드는 소리에 잠을 깬 것이다. 프리츠의 안경 너머로 불거진 눈은 멍하니 레나를 쳐다보았다. 프리츠는 뜻밖의 상황에 입을 다물지 못했다. 가늘게 떨리는 목소리로 그는 소리쳤다.

"세상에 맙소사!"

프리츠는 안경을 벗고 눈을 비볐다. 놀란 토끼 눈을 하고는 딱딱 끊어지는 목소리로 물었다.

"아니, 어떻게 해서 내 마차에 탄 거야? 아까는 강도들 손에 죽는 줄 알았는데 내가 정신이 나간 건가?"

"프리츠 영감님이 우리 애를 데려온 거예요?"

힐데스뮐러 부인은 울먹이는 눈빛으로 프리츠를 쳐다보았다.

"뭐라고 인사를 드려야 할까요."

레나의 엄마도 이 상황을 어떻게 받아들여야 할지 의아해 하면서 말끝마다 프리츠에게 꾸벅거리며 인사를 했다.

"대체 어떻게 해서 프리츠 할아버지 마차에 타게 되었는지 이엄마한테 말해보렴."

"몰라요, 엄마."

레나는 간단하면서도 경쾌한 목소리로 대답했다.

"하지만 어떻게 거기서 빠져나왔는지는 알아. 동화 속의 왕자님이 날 구해주신 거야."

레나는 꿈꾸듯 황홀한 표정을 지어보였다.

"차라리 황제라고 해라!"

프리츠는 레나의 우스갯소리 같은 말에 헛웃음을 지으며 어이없다는 듯 손을 내저었다.

"우리 모두 머리가 어떻게 된 거 아니야? 그렇지 않고서야 어떻게 저 애가 내 마차에서 나올 수 있겠어."

프리츠는 자신이 달려온 길을 응시하며 고개를 갸웃거렸다.

"난 꼭 왕자님이 오실 줄 알고 있었어."

길바닥에 내려놓은 이불에 올라앉으며 레나가 말했다.

"어젯밤 왕자님이 무장한 기사들과 함께 그 악마의 성을 공격했어. 기사들은 그릇을 마구 집어던지고 문을 걷어찼어. 주인 아저씨를 빗물통에 집어던지고, 주인 아줌마 온몸에 밀가루를 덮어씌우고, 또 기사들이 총을 쏘니까 채석공 아저씨들은 창문으로 뛰어내려 숲속으로 달아났지 뭐야. 난 그 사람들 때문에 잠에서 깨어 계단 밑을 살그머니 훔쳐봤어. 그때 왕자님이 올라오셔서 나를 담요에 싼 다음 구해주셨어. 왕자님은 키도 크고 힘도 세고 멋있었어. 얼굴은 수세미처럼 까칠까칠했지만, 말도 부드럽고 친절했어요. 아, 입에서 브랜디 냄새도 조금 났어. 왕자님은 나를 안장에 태웠고 기사들의 호위를 받으며 말을 달렸어. 왕자님이 날 꼭 끌어안아 주셔서 나는 잠이 든 거야. 그래서 집에 올 때까지 자버렸어요."

"바보 같은 소리!"

프리츠는 헛기침을 해댔다.

"동화 속에나 나오는 얘기구나! 그러지 말고 사실대로 말해보렴. 채석장에서 내 마차까지 어떻게 왔느냔 말이다?"

"왕자님이 데려다 주셨다니까요."

레나는 활기차게 대답했다.

그리고 오늘날까지 프레드릭스버그의 착한 사람들은 레나에게서 다른 설명을 들을 수 없었다.

인생은 연극이다

　신문사에서 기자로 일하고 있는 한 지인과 얼마 전 버더빌의 연주회에 간 일이 있다. 요즘 한창 인기몰이 중인 이 연주회에서는, 공연 중 바이올린 독주를 하는 부분이 있었다. 연주자는 마흔 살이 약간 넘어 보였지만 은발에다 근엄한 표정을 짓는 사람이었다.

　나는 음악에 별로 취미가 없었으므로 음정이나 박자 따위에는 아예 관심조차 없었다. 그래서 연주자의 얼굴만 바라보고 있었다. 그때 친구가 말했다.

　"한두 달 전 저 사나이가 화제가 된 적 있었네. 내가 그 사건을 맡았어. 가벼운 흥미 위주의 기사를 쓸 생각이었지. 편집장은 내

　　　　　　　　　　　　　　　인생은 연극이다

가 가끔 쓰는 3면 해설기사 중 코믹한 문장을 좋아하거든. 사실 지금도 코믹한 읽을거리를 하나 쓰고 있는데. 어쨌든, 연주가 끝나자마자 나는 즉시 무대 뒤로 찾아가서 인터뷰를 하고 자료를 모았지. 그런데 제대로 기사가 써지질 않는 거야. 회사로 돌아가 써봤더니 영락없이 이스트사이드의 장례식을 코믹하게 쓴 것에 불과했지. 왜냐고? 장난스런 글만 써온 내 펜으로는 도무지 감을 잡을 수 없었던 거야. 자네라면 그것을 소재로 해서 1막짜리 비극을 하나 구성해낼 수 있을지도 모르겠군. 아무튼 나중에 자세히 말해 주겠네."

공연이 끝난 후 친구는 포도주를 마시면서 그 이야기를 마저 들려주었다. 그의 이야기를 다 듣고 난 후 나는 말했다.

"그 이야기는 비극이 아니라 당연히 코믹한 가십거리로 쓰일 만한 이야기네. 누구나 박장대소할만한 좋은 소재야. 그 세 사람이 연극배우였다고 해도 그보다 바보스러운 연기는 할 수 없었을 것이네. 셰익스피어가 인생은 연극이라고 말한 것처럼, 어차피 모든 무대란 하나의 사회이고 그곳에 등장하는 배우들도 이 세상의 흔해 빠진 남녀에 불과하지만 말이야. 내가 한 번 써보지. 그 사연이 얼마나 재미있는 흥밋거리 기사가 될 수 있는지 보여

주겠네."

이렇게 말하고 쓰기 시작한 것이 바로 다음과 같은 이야기다.

어빙턴 광장 주변의 한 건물 아래층에는 25년 동안 장난감, 화장품, 문방구 따위를 팔고 있는 작은 잡화점이 있었다.

20여 년 전 어느 날 밤의 일이었다. 그 가게 2층에서 결혼식이 거행되었다. 그 건물 주인은 '메이요'라는 이름의 과부였는데, 이 과부의 딸인 '헬렌'이 '프랭크 바리'라는 사나이와 이 건물에서 결혼식을 올린 것이다. 18살의 헬렌은 한 조간신문의 '거리의 미인특집'이라는 코너에 사진이 실렸을 만큼 빼어난 미인이었다.

한편 이들의 결혼식에 들러리를 선 사람은 프랭크의 절친한 친구로 '존 델라니'라는 청년이었다. 막이 오를 때마다 싸움 장면을 기대하고 싶어질 만큼 의좋은 친구였다. 오케스트라의 좌석이나 소설책에 돈을 지불하는 사람들은 모두 그런 장면을 기대하는 법이다. 사실, 이 얘기도 그런 어이없는 발상에서 전개된다.

다시 말해서, 두 사람은 헬렌을 차지하기 위해 맹렬한 경쟁을 벌였던 것이다. 그리하여 프랭크가 승리를 거두자 존은 남자답게 그와 악수하고 친구를 축복했다. 진정으로 축복했던 것이다.

결혼식이 끝난 후 헬렌은 모자를 가지러 3층으로 올라갔다. 그

인생은 연극이다

녀와 프랭크는 일주일 동안 올드 포인트 콤퍼트 해안으로 신혼 여행을 떠나려던 참이었다. 아래층에서는 와자하게 떠들기를 좋아하는 그들의 친구들이 헌 구두, 탄 보리, 옥수수가 든 종이봉지를 들고 신랑 신부를 위한 한바탕 뒷풀이를 준비하고 있었다.

그때 요란한 소리를 내며 비상구가 열리더니 거의 미치다시피 한 존 델라니가 그녀의 방으로 뛰어들었다. 그리고 이제는 친구의 아내가 되어 버린 헬렌을 향해 애처롭게 사모의 정을 고백하면서 자기와 함께 리벨라나 브롱크스, 아니면 이탈리아로 도망치자고 애원했다.

그녀는 경멸이 가득 찬 큰 눈으로 냉정하게 거절했다. 존은 지금까지 헬렌이 그토록 냉정하게 말하는 것을 한 번도 본 적이 없었다. 단호하게 거절하는 헬렌의 태도를 봤다면, 제아무리 비극물을 자랑하는 브레이니 선생이라도 아마 상당한 충격을 받았을 것이다.

헬렌은 존에게 빨리 눈앞에서 사라지라고 말했다. 평소 지녔던 기백과 기세는 온데간데없이 존은 고개를 푹 늘어뜨린 채 중얼거렸다.

"충동을 못 이겨 그만… 하지만 당신의 모습은 평생 내 가슴에서 사라지지 않을 거요."

그러나 헬렌은 아무 말도 하지 않고 눈앞에서 사라지라는 뜻
으로 비상구만 손으로 가리켰다.

"그래요, 난 지구 끝으로 가겠소."

존은 다시금 덧붙였다.

"아주 먼 지구 끝으로 가버리겠소. 당신이 다른 남자의 아내
라는 사실을 알면서 당신 곁에 머문다는 것은 도저히 견딜 수
없는 일이오. 난 아프리카로 가겠소. 그리고 타향에서 무슨 수를
쓰더라도…."

"제발 부탁이니 빨리 나가 줘요. 누가 올지도 몰라요."

헬렌이 말했다.

존은 한쪽 무릎을 꿇었다. 헬렌은 그에게 흰 손을 내밀어 작별
의 키스를 허락했다. 그녀는 자기가 열렬하게 사랑하는 이성을
손에 넣었지만, 다른 남자의 마음도 얼마든지 손에 쥐고 있는 여
자였다. 그 남자가 자신의 앞에 무릎 꿇게 하고, 영원한 사랑을
맹세하도록 하는, 그런 최고의 은총을 위대한 사랑의 신 큐피드
에게서 부여받은 것이었다. 그녀는 자신이 받은 은총과 자신의
아름다움에 대해서 너무나도 잘 알고 있었으며 그 행복을 황홀

하게 생각했다. 사랑을 잃은 한 남자가 그녀의 손등에 마지막 입맞춤을 하고 있을 때, 그녀는 또 한번 자신의 아름다움을 확인하면서 손톱에 메니큐어가 깨끗하게 칠해져 있는 것에 기뻐했다.

그때 느닷없이 방문이 열렸다. 신부가 모자 끈을 매는 데 너무 오래 걸린다고 생각한 신랑이 참지 못하고 방으로 뛰어 들어온 것이다.

그때 헬렌의 손에 작별의 키스를 마친 존은 막 비상구로 뛰어 나가고 있었다. 방안의 광경을 한번 상상해 보라. 마음의 상처를 입은 프랭크는 흥분한 상태에서 창백한 얼굴로 마구 소리쳤다.

헬렌은 그에게 매달리며 사실을 해명하려고 했다. 하지만 그는 그녀의 손목을 자기 어깨에서 떼어내고는 한 번, 두 번, 세 번 그녀를 이리 밀어내고 저리 밀어 던지고, 마침내 그녀는 모질게 떼밀려 바닥에 쓰러져 마구 울음을 터뜨렸다. 그러나 프랭크는 다시는 네 얼굴 따위는 보고 싶지 않다고 고함을 치더니 대경실색하고 있던 하객들 사이를 비집고 밖으로 미친 듯이 달려 나가 버렸다.

한 편의 드라마 같은 이 상황은 연극이 아니고 실제로 있었던 일이다. 그러므로 다음 막이 오르는 20년 후에는 관객들의 신상에도 변화가 일어났다. 가령 결혼을 했다든가, 이미 세상을 떠났다든가, 부자가 되었다든가, 가난뱅이가 되었다든가, 더 행복해졌다든가, 불행해졌다든가하는 변화 말이다.

38세가 된 베리 부인(헬렌)은 그 건물과 가게를 상속받았다. 그녀는 지금도 미인콩쿠르에 출전하면, 18세쯤 되는 처녀들과 경연하더라도 단연코 최고상을 받을 게 분명할 정도로 아름다웠다.

지금은 그녀의 결혼식 때 일을 기억하고 있는 사람이 거의 없지만, 그녀는 그 사실을 결코 숨기려 하지는 않았다. 좀약이나 나프탈렌 속에 처넣어 두려고도 하지는 않았지만 그 이야기를 잡지에 팔려고도 하지 않았다.

어느 날 돈벌이가 좋은 중년의 변호가가 그녀의 가게에 기안용지와 잉크를 사러 왔다가 카운터 너머에 있는 그녀에게 정중하게 구혼했다.

"저, 굉장히 기뻐요."

헬렌은 상냥하게 말을 이었다.

"고마워요. 하지만 저는 20년 전 어떤 사람과 결혼했답니다. 그는 남자답지는 않았지만 바보 같은 사람이라고 할 정도로 좋은 사람이었지요. 하지만 저는 아직도 그 사람을 사랑하고 있어

인생은 연극이다

요. 하기야 그 사람과 함께했던 시간은 결혼식 후 30분 정도에 불과하지만 말씀이에요. 저어, 필요하신 잉크는 카피용인가요 아니면 필기용인가요?"

변호사는 오래된 예법에 따라 카운터 너머로 머리 숙여 헬렌의 손등에 점잖게 키스를 하고 사라졌다.

헬렌은 한숨을 쉬었다. 지금 그녀는 38세지만 아직도 상당히 아름다웠고, 누구에게나 존경을 받았다. 그런데도 그녀가 구애자로부터 받는 것은 비난 아니면 작별인사뿐이었다. 게다가 더 나쁜 것은 이 마지막 구애자의 경우에는 단골손님 한 사람도 잃는 셈이 됐다.

장사가 신통치 않자 헬렌은 방을 세놓는다는 표찰을 매달았다. 3층의 큰 방 두 개가 합당한 입주자를 기다리고 있었다.

어느 날 바이올린을 연주하는 라몬티라는 사나이가 방 하나를 계약했다. 시끄러운 산동네는 이 음악가의 섬세한 귀를 못 견디게 했으므로 그의 친구가 사막 속 오아시스와 같은 베리 부인의 집을 그에게 소개한 것이다.

진한 눈썹과 아직 앳된 얼굴, 이국풍 턱수염을 가진 멋진 남자였다. 특히 개성적인 잿빛머리와 밝고 쾌활한 태도는 이 집 입주자로 충분히 환영 받을 수 있었다.

헬렌은 가게 2층에 살고 있었다. 이 집의 구조는 약간 특이했다. 홀이 크고 거의 사각형이어서 그 한쪽 끝을 가로질러 가면 3층으로 통하는 계단이 있었다.

홀은 거실 겸 사무실로 그녀는 그곳에 사무용 가구들을 두었다. 책상을 놓고 그곳에서 사업과 관련된 문서를 작성했으며, 밤에는 따뜻한 난로 옆 밝은 전등 아래서 뜨개질을 하거나 책을 읽었다.

라몬티는 홀의 분위기가 무척 마음에 들어 많은 시간을 그곳에서 보냈다. 그리고 그가 사사한 적이 있는, 저명했지만 잔소리가 심했던 바이올리니스트와 함께했던 파리 생활을 베리 부인에게 들려주기도 했다.

그 옆방에 세를 든 사람은 마흔 살쯤 된 우울한 얼굴의 미남자였다. 신비로운 갈색 턱수염을 기르고, 호소력을 지닌 눈빛의 사나이였다. 그도 헬렌의 거실을 좋아했다. 로미오의 눈과 오셀로의 혀로 그는 머나먼 이국의 이야기를 들려주어 헬렌을 황홀케 했으며, 고상하고 품위 있는 표현으로 그녀의 마음을 떠보기도 했다.

헬렌은 이 사나이를 처음 만났을 때부터 이상한 느낌이 들었다. 그의 목소리는 왠지 낯익었고, 그와 이야기를 하고 있으면 어느새 그녀는 청춘 시절로 되돌아가 로맨틱해지곤 했다.

이러한 감정은 차츰 발전하여 그녀는 점점 더 깊이 빠져 들어 갔다. 그리고 그녀의 마음을 그가 젊은 날 그녀와 로맨스를 가졌던 인물이라는 본능적인 확신으로 차츰 이끌어갔다.

그 후로는 여성 특유의 논리에 의해 – 그렇다, 여성은 대개 그렇다. 통상의 삼단논법이나 정리(定理)나 논리를 뛰어넘어 버렸다 – 자신의 남편이 돌아온 것으로 착각해 버리고 만 것이다. 왜냐하면 헬렌은 그의 눈 속에서 여자가 아니면 절대로 잘못 볼 수 없는 사랑의 고백과 뉘우침과 비탄을 보았기 때문이다. 그리고 그것들은 그녀에게 강한 연민의 정을 심어 주었다.

그러나 그녀는 그런 기색을 전혀 보이지 않았다. 20년동안 어디를 쏘다니다 홀연히 돌아온 남편이 언제나 신을 수 있도록 슬리퍼가 가지런히 놓여 있다던가, 언제라도 담배에 불을 붙일 수 있도록 성냥이 준비되어 있을 것을 기대할 수는 없을 것이다. 그 전에 죄를 뉘우치는 설명이나 해명쯤은 있어야 마땅하고, 이쪽에서도 넋두리 한자리쯤 늘어놓을 만도 하지 않은가. 조금은 속죄의 고통을 맛본 뒤에 진심으로 부끄러워한다면 하프와 왕관을 맡기는 것도 좋을 것이었다. 그래서 그녀는 남편이라고 짐작하고 있다는 것을 손톱만큼도 내색하지 않았다.

내가 자신감 있게 이 원고를 보여주었을 때 신문기자인 지인은 의외의 반응을 보였다. 그는 이 이야기 속에서 익살이라고는 전혀 발견할 수 없다고 말했다. 이처럼 기막히게 유쾌한 이야기에서 재미를 느끼지 못하다니. 아니, 나는 내 친구를 폄하할 생각은 전혀 없으므로 그냥 이야기를 계속하기로 하자.

어느 날 밤 헬렌의 거실로 들어온 라몬티는 예술가의 열정을 담은 상냥한 말씨로 사랑을 고백했다. 그 고백은 몽상가와 실천가의 면모를 동시에 지닌 남자의 마음속에 타오른 성화의 불길이었다.

"당신의 대답을 듣기 전에 드릴 말씀이 한 가지 있습니다."

라몬티는 헬렌이 미처 대답하기도 전에 말을 계속했다.

"라몬티는 당신에게 할 수 있는 유일한 내 이름입니다. 내 매니저가 지어 준 이름이지요. 나는 내가 어떤 사람인지, 어디 출신인지 전혀 모른답니다. 어느 날 병원에서 눈을 떴을 때가 내 최초의 기억이에요. 나는 그때 청년이었는데, 그 뒤 몇 주일을 그 병원에서 살았지요. 그 전의 생활은 전혀 기억에 나지 않습니다. 남

인생은 연극이다

들이 그러더군요, 머리를 다친 상태로 길바닥에 쓰러져 있는 것을 병원으로 옮겼다더군요. 쓰러질 때 돌에 머리를 부딪쳐서 기억상실증에 걸린 것이지요. 신원을 밝힐 수 있는 물건이 전혀 없었고, 나 또한 과거에 대한 기억이 없었습니다. 그 후 나는 바이올린 연주자가 되어 성공했습니다. 베리부인 ― 제가 아는 당신 이름은 이것밖에 없군요 ― 나는 당신을 사랑합니다. 처음 당신을 만났을 때 당신이야말로 내가 평생을 찾아 헤맨 오직 한 사람이라는 생각이 들었습니다. 그리고….”

절실한 고백과 설득이 계속 이어졌다.

헬렌은 새삼 젊음을 느꼈다. 여자로서의 자부심을 느꼈고, 이어 허영의 감미로운 전율이 온몸에 밀려왔다. 그러자 마음속에서 크나큰 고동이 울리기 시작했다.

고동은 그야말로 그녀로서는 상상도 못할 정도로 컸다. 그녀는 깜짝 놀랐다. 이 사나이가 그녀의 인생에 있어 큰 비중을 차지하고 있었다는 사실을 비로소 깨달은 것이다.

“라몬티 씨, 정말 죄송합니다만, 저는 이미 결혼한 몸입니다.”

그녀는 슬픈 표정을 지으며 말했다 ― 거듭 밝혀두지만, 이곳은 무대가 아니라 어빙턴 광장 주변에 있는 낡은 가옥 안이다 ― 헬

처음 당신을 만났을 때

당신이야말로 내가 평생을 찾아 헤맨

오직 한 사람이라는 생각이 들었습니다

렌은 거절할 수밖에 없는 자신의 슬픈 사연을 이야기했다.

라몬티는 그녀의 손을 잡고 몸을 굽혀 키스를 하고는 자기 방으로 말없이 돌아갔다.

헬렌은 의자에 주저앉아 슬픔에 가득 찬 눈으로 자기의 손을 바라보았다. 그것도 무리는 아니리라. 세 명의 구혼자가 모두 이 손에 키스만 남기고 재빨리 사라져 버렸으니까.

한 시간쯤 지났을 때, 그 텅 빈 눈동자의 신비롭고 신원이 뚜렷하지 않은 남자가 들어왔다. 그때 헬렌은 흔들거리는 등의자에 앉아 털실로 어디에 쓸 목적도 없는 것을 뜨고 있었다. 그는 층계를 내려와서 이야기하기 위해 걸음을 멈추었다. 테이블을 사이에 두고 마주 앉더니 느닷없이 사랑의 말을 쏟아 놓기 시작했다.

"헬렌, 당신은 날 기억하지 못하나요? 당신의 눈이 그것을 말해주고 있어요. 잘못된 옛 얘기는 잊어버리고 20년이나 간직해 온 내 사랑을 받아줄 수 없나요? 당신한테 큰 잘못을 했소. 그래서 당신에게 돌아오기가 힘들었던 거요. 하지만 사랑은 마침내 이성을 극복했소. 날 용서하오."

헬렌이 일어섰다. 사나이는 그녀의 한 손을 잡고 떨면서 굳게 쥐었다.

인생은 연극이다

그녀는 그대로 서 있었다. 이런 기막힌 장면을, 그리고 그녀 마음의 동요를 어떤 배우도 무대에서 표현할 수 없다는 게 정말 안타까웠다.

사실 그녀의 마음은 두 가지였다. 남편에 대한 잊을 수 없는 순수한 처녀의 애정과, 처음으로 선택한 사나이에 대한 비밀스럽고도 아름다운 감정이 그녀의 마음을 절반이나 차지하고 있었다.

그녀는 점차 순수한 감정으로 기울어져 갔다. 존경과 정절과 늘 꺼지지 않은 감미로운 로맨스가 그녀의 마음을 단단히 묶어 두고 있었다. 그러나 그녀의 마음과 영혼의 나머지 절반은 다른 것으로 채워져 있었다. 현재의 더욱 충실하고 더욱 친근한 감동으로 차 있었던 것이다. 이리하여 헌 것과 새 것이 그녀의 마음속에서 격투를 벌였다.

그녀가 갈등을 겪고 있을 때 위층 방에서 부드럽고도 가슴을 조이는 것 같은, 애원하는 어조의 바이올린 연주가 흘러 나왔다. 음악이라는 마왕은 왕자의 마음까지 움직이는 법이다. 심장이 소매 밖으로 나와 있는 인간이라면, 그것을 까마귀가 쪼아도 아프지도 가렵지도 않을 테지만, 심장이 뛰는 인간에게 음악이란 굉장히 큰 효과를 발휘한다.

그 음악과 음악가가 그녀를 불렀다. 그러나 동시에 옛사랑이 그녀를 멈추게 했다.

"날 용서해 주시오."

그가 애원했다.

"20년이라는 세월이 당신이 사랑하고 있다고 말씀하시는 사람과 떨어져서 살기엔 너무나 길지 않던가요?"

그녀는 원망스러운 눈길로 말했다.

"어떻게 설명하면 좋을까?"

그는 또다시 애원하는 투로 말했다.

"그렇지, 사실대로 고백하겠소. 그날 밤 그가 이 집에서 나갈 때 나는 미행했소. 질투로 제정신이 아니었던 게지. 난 어둠 속에서 그를 때려 쓰러뜨렸소. 그는 일어나지 못했지. 다가가 보니 그의 머리가 돌에 부딪혔소. 난 결코 그를 죽이려고 때렸던 건 아니었소. 다만 사랑과 질투로 정신이 나갔던 거요. 헬렌, 물론 당신은 그와 결혼을 했소. 그렇지만…."

"어머나! 당신은 도대체 누군가요?"

그녀는 눈을 크게 뜨고는 손을 뿌리치며 소리쳤다.

"날 기억하지 못한단 말이요, 헬렌? 언제까지 당신을 가장 사랑해온 나를? 존 델라니라고요. 만일 당신이 용서해 준다면 나는⋯."

그러나 그때 그녀는 이미 그곳에 없었다. 그녀는 쓰러지고 뛰고 하면서 계단을 뛰어올라갔다. 그녀를 기억하지는 못하지만, 그 두 번째 인생을 살면서도 변함없이 그녀를 사랑하고 있는 사나이에게 달려갔다. 그녀는 달려가면서 울고, 소리치고, 마치 노래하듯 외쳤다.

"프랭크, 오오 프랭크! 나의 프랭크!"

이렇듯 이 세 개의 영혼은 세 개의 당구공처럼 세월에 희롱되고 있었던 것이다.

그런데 신문기자인 지인이 이 이야기 속에서 그 어떤 코믹함도 찾아내지 못한다는 것은
대체 무슨 까닭일까?

。세상 사람들은 모두 친구

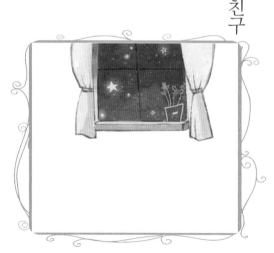

　강도는 잽싸게 창문 안으로 뛰어들더니, 조금도 서두르지 않고 느긋하게 움직였다. 자기 기술에 대해 확신하는 강도는 으레 물건을 훔치기 전에 무엇보다도 여유를 갖는 법이다.

　그가 뛰어든 집은 개인 주택이었다. 3층 거실 창문에 불이 켜져 있고 어느덧 가을로 접어든 것으로 볼 때 집에 돌아온 이 집 주인 남자는 불을 끄고 곧 잠자리에 들 것이라는 것을 알 수 있었다. 때는 11월, 마음마저도 을씨년스러운 계절이었다. 강도는 담배에 불을 붙였다. 두 손 속에 가려져 있는 성냥 불빛으로, 잠시 얼굴의 두드러진 부분이 드러났다.

이 집의 가구들은 여름철 동안 먼지막이 천으로 덮여 있었다. 은그릇들은 금고 속에 안전하게 보관돼 있었다. 그래서 강도는 이 집에서 큰 털이를 기대하지는 않았다. 그가 지금 눈독을 들이고 있는 곳은, 이 집 남자 주인이 고독이라는 무거운 짐을 덜기 위해 어떤 위안을 찾은 후 이제는 잠들어 있을, 희미한 불이 켜진 방이었다. 그곳에서는 이치에 닿지 않게 엄청난 물건보다는 잔돈이나 시계, 혹은 보석이 박힌 넥타이핀 같은, 강도라는 직업에 어울리는 물건을 슬쩍할 수 있을 것 같았다.

강도는 불이 켜진 이 방의 문을 살며시 열었다. 가스등이 희미하게 켜진 상태에서 한 남자가 침대에 누워 자고 있었다. 옷장 위에는 자질구레한 물건 – 구겨진 지폐, 시계, 갖가지 열쇠, 포커용 산가지 세 개, 부스러진 시가, 분홍색 실크 나비넥타이, 아침에 일어나 마시기 위한 마개를 따지 않은 탄산수 한 병이 어지럽게 놓여 있었다.

강도는 옷장을 향해 세 발짝을 옮겼다. 침대에 누워 있던 남자는 갑자기 비명을 지르면서 두 눈을 떴다. 그의 오른손이 베개 밑으로 미끄러졌지만 더 이상 움직이지 못하고 그곳에서 멈췄다.

"쉬잇! 움직이지 마."

　강도는 마치 이야기라도 하듯 말했다. 강도는 이렇게 '쉿!' 소리를 내는 법이 없다. 침대에 누워 있던 남자는 강도가 들이댄 권총의 둥근 총구를 바라보며 꼼짝도 못했다. 강도가 명령했다.

　"두 손 모두 위로 올려라!"

　주인 남자는 뾰족하게 뻗친 희끗희끗한 갈색 수염을 기르고 있었다. 그는 근엄하고 점잖으면서도 메스껍다는 표정을 지었다. 그는 침대에 일어나 앉아 오른쪽 손을 머리 위로 들어올렸다.

　　　　　　　　　　　　　　　　　　　세상 사람들은 모두 친구

"나머지 손도 올려. 자, 하나 둘… 자, 빨리 올리지 못해!"

강도는 채근했다.

"왼손은 올릴 수 없소."

주인 남자는 얼굴을 찡그리며 대답했다.

"그 손이 어찌 되기라도 했단 말이냐?"

"그쪽 어깨가 류머티즘에 걸렸소."

"염증이 생겼는가?"

"아니오, 지금은 없어졌소."

강도는 류머티즘에 걸렸다는 주인 남자를 향해 총을 겨눈 채, 잠시 서 있었다. 그는 옷장 위에 있는 물건들을 힐끔거리더니, 이번에는 좀 당혹스런 표정으로 침대에 앉아 있는 주인을 쳐다보았다. 그러더니 갑자기 얼굴을 찡그렸다.

"거기 서서 인상 쓰지 마시오. 강도질하러 왔으면 강도질이나 할 것이지. 왜 내 얼굴을 뚫어지게 쳐다보는 거요?"

주인 남자가 퉁명스럽게 쏘아 붙였다.

강도는 싱긋 웃으며 말했다.

"나도 류머티즘 때문에 고생을 하고 있소. 류머티즘과 내가 오랜 친구인 것이 당신한테는 참으로 다행이오. 나도 바로 왼쪽 팔이 류머티즘에 걸렸지요. 아마 나 말고 다른 사람 같았으면, 당신이 왼쪽 팔을 들어 올리지 않았을 때, 벌써 방아쇠를 당겼을 거요."

"댁은 신경통에 걸린 지 얼마나 됐소?"

"한 4년 됐소. 시간이 문제가 아닌 것 같소. 류머티즘에 한번 걸렸다 하면, 그야말로 평생 고생하게 된다오."

"방울뱀 기름을 써 봤소?"

"방울뱀 기름이라면 몇 갤런이나 써 봤지요? 기름을 짜내기

세상 사람들은 모두 친구

위해 죽인 방울뱀을 한 줄로 늘어놓는다면, 아마 토성까지 가는 거리 여덟 배는 될 거요."

"치즐럼 알약을 사용하는 사람도 있더군요."

"말짱 헛일! 다섯 달이나 그 약을 복용했지만, 아무 소용이 없었소. 어느 해인가 핑클햄 정제와 길리어드 함유 습포와 포드 진통제도 써 봤는데, 그때는 조금 효험을 봤죠. 그러나 뭐니뭐니해도 마로니에를 주머니에 넣고 다니니까 효과가 좋습니다."

"아침에 더 심한가요, 밤에 더 심한가요?"

강도가 대답했다.

"밤에 더 심하오. 나한테는 제일 바쁜 시간이지. 선생, 그 팔을 내리시구려. 설마… 그런데, 블릭커스태프 조혈제를 사용해 본 적 있소?"

"아뇨. 그런데 당신은 통증이 발작적으로 오나요, 아니면 평소와 비슷하나요?"

강도는 침대 발치에 앉아서 꼰 무릎에 총을 올려놓았다.

"발작적으로 옵니다."

강도가 대답했다.

"생각지도 않고 있을 때 갑자기 찾아오지요. 어떤 때는 2층 집을 반쯤 올라가다가 통증 때문에 일을 포기할 때도 있었소. 내로라하는 의사들도 류머티즘에는 손 하나 제대로 못쓰더라구요."

"저도 그래요. 돈을 1,000달러나 들였지만 조금도 차도가 없네요. 댁은 상처가 부어오르나요?"

"아침에는 좀 부어오르지요. 그리고 비가 내리려고 할라치면, 아이쿠, 맙소사!"

"나도 마찬가지요."

"플로리다 쪽에서 뉴욕 쪽을 향해 식탁보만한 비구름이 몰려와도, 난 그걸 금방 알 수 있을 정도니까요. 왼쪽 팔이 막 쑤셔대기 시작한답니다."

"그야말로 지옥에서 고생하는 것과 다름없지요!"

"댁의 말이 맞소이다."

강도는 권총을 힐끔 쳐다보더니, 예사스러운 태도를 지어 보이면서, 어딘지 좀 어색한 태도로 그것을 주머니에 쑤셔 넣었다.

도둑은 거북살스러운 듯 말했다.

"혹시 오포델 독을 써 보셨는지요?"

"그 엉터리 약 말씀이군요!"

주인 남자가 화를 버럭 내며 말했다.

세상 사람들은 모두 친구

"차라리 식당에 있는 버터를 바르는 게 낫지요."

"맞소…."

강도는 주인남자 말에 맞장구쳤다.

"아이가 고양이 새끼한테 할퀴었을 때나 바를 만한 고약이지요. 그리고 보니, 우리 두 사람은 그 빌어먹을 류머티즘 때문에 똑같이 고생을 하고 있군요. 나한테는 통증을 잊게 해 주는 게 딱 한 가지 있습니다. 위생적이고 서로의 상처를 아물게 해 주고, 또 서로를 즐겁게 해 주는 술 말입니다. 자, 이 일은 이제 집어치우기로 합시다. 어서 옷을 입고 밖으로 나가 한 잔 합시다. 으흑, 통증이 또 오기 시작하는구먼!"

"난 지난 1주일 동안, 누가 옆에서 도와주지 않으면 옷도 제대로 입을 수 없었소."주인 남자가 말했다.

"내 아들 토머스는 자고 있을 텐데…."

"어서 침대에서 내려오시구려. 내가 도와 드리리다,"

인습적인 고루한 생각이 마치 파도처럼 밀려와 주인 남자를 에워쌌다. 그는 희끗희끗한 갈색 수염을 쓰다듬으며 속으로 중얼거렸다.

"이건 꽤 보기 드문 행운이…."

강도는 말했다.

"자, 여기 셔츠가 있소. 내가 아는 어떤 사람은 옴베리 연고를 사용했더니, 2주일 후 말끔하게 나아서 두 손으로 넥타이까지 맸다지 뭡니까?"

이윽고 두 사람이 방문을 나설 때, 주인 남자는 갑자기 뒤로 돌아서서 방 안으로 들어가려고 했다.

"돈을 갖고 가는 걸 잊었소. 간밤에 옷장 위에 죄다 올려놓았지 뭐요."

강도는 주인 남자의 오른쪽 소매를 붙잡았다. 그리고는 허세를 부리듯 말했다.

"자, 그냥 가십시다. 한 잔 하자고 제안한 것은 내가 아닙니까? 나한테도 그 정도 술값은 있소. 하마멜리스와 노루발풀 기름은 써 보셨는가요?"

세상 사람들은 모두 친구

작품소개

오 헨리의 단편 소설들은 방대한 작품세계를 바탕으로 작가의 삶의 경험을 그대로 투영하고 있다. 미국 전역을 아우르는 배경과 각양각색의 인물, 타의 추종을 불허하는 풍부한 소재 등은 작가가 걸어온 인생의 면면들을 매우 디테일하게 보여준다. 비록 감정을 뒤흔드는 강렬한 표현이나 극단적인 설정은 좀처럼 등장하지 않지만 특유의 쉽고 간결한 문체는 독자의 마음을 두드리는 강렬한 힘이 있다. 그의 단편들은 하나같이 일상의 한가운데에 숨겨진 따뜻한 진실을 비추면서, 우리 삶의 가장 평범한 순간이야말로 가장 특별한 감동이라는 메시지를 전한다. 이것이 바로 오 헨리의 소설이 갖는 가장 눈부신 매력이다.

「마지막 잎새」와 「크리스마스 선물」은 특히 우리나라 독자들에게도 매우 친숙한 작품이다. 죽어가는 소녀에게 자신의 목숨을 바쳐 희망을 선물하고 떠난 노화가, 가난한 처지에도 서로를 위해 아낌없이 모든 것을 내주는 젊은 부부의 이야기는 국내에서도 이미 감동적인 이야기의 가장 대표적인 플롯중 하나다. 오 헨리의 소설에 나타난 인간에 대한 애정과 연민은 그의 작품세계와 주제의식을 구성하는 중요한 토대라 할 수 있다. 낙오자와 실패자, 부랑자 등 소외된 계층을 소설의 주인공으로 삼고 그들을 온정 가득한 시선으로 그려낸다는 점이 이를 방증한다. 내용뿐 아니라 소설의 구성적인 면에서도 그의 소설은 상당히 흥미롭다. 오 헨리 단편소설의 대표적인 특징은 일명 '트위스트 엔딩'이다. 이는 소설의 후반부에서 독자의 기대나 예상을 뒤엎는 반전을 보여주면서 극적인 결말을 연출하는 구성 방식이다. 오 헨리의 소설이 진부하거나 교훈적이기만 한 이야기로 느껴지지 않고 신선한 충격과 감동을 불러일으키는 까닭은, 이렇게 절묘한 구성이 주제를 효과적으로 부각시키기 때문이다. 이러한 극적인 전개는 불행하기만 했던 젊은 시절을 벗어나 재능 있는 문학인으로 우뚝 선 작가 자신의 인생과도 흡사해 보인다.

짧은 이야기 속에 긴 여운을 전하며 진가를 알려주는 오 헨리의 단편소설들은 무려 그 수가 거의 400여 편에 달한다. 이 작품들은 무려 한 세기가 지난 지금까지도 전 세계 독자들에게 웃음과 감동을 선사하고 있다. 문학마을에서는 그중 단편문학의 진수를 보여주는 13편을 선별하여 한 권으로 엮었다. 독자 여러분들에게 '마지막 잎새'와 같은 희망 한 자락을 전하는 책이 될 수 있기를 바란다.

지은이 O. 헨리 : 1862~1910

본명은 윌리엄 시드니 포터(William Sydney Porter). 부유하지 못한 가정에서 자랐으며, 젊은 시절 여러 직업을 전전했다. 20대 후반에 들어서야 아내의 도움을 받아 유머 주간지 '우상 파괴자'를 창간하였고, 그때부터 문필생활을 시작했다. 그러나 은행원으로 근무하던 중 공금 횡령죄라는 죄목으로 5년 구금형을 선고받고 교도소에 수감된다. 교도소에서 그는 O. 헨리라는 필명으로 미국의 유수 잡지에 작품을 발표하기 시작했다. 그리고 모범수로 석방된 후부터 본격적인 작가로 활동하면서 총 381편의 단편소설을 내놓았다. 소설은 대부분 근대 도시가 급성장하는 20세기 초반 미국을 배경으로 하고 있으며 풍자, 기지, 애수에 찬 능란한 화술과 속어를 사용하여 평범하고 가난한 미국인들의 애환을 정확하게 묘사했다. 짜임새 있는 작품 구성과 뜻하지 않는 반전이 있는 그의 소설에 많은 미국인들은 크게 열광했다. 오 헨리는 모파상, 체호프와 더불어 세계 3대 단편소설 작가로 명성을 날리게 되었으며, 그가 48세 일기로 세상을 떠나자 미국에서는 그의 문학적 업적을 기리는 'O. 헨리 기념문학상'을 제정하였다.

옮긴이 유혜경

서울 출생. 성심여대 경영학과 졸업, 외국어대 통역대학원 졸업, 스페인 마드리드대학 국립언어학교 스페인어과 수료, 영국 옥스퍼드 고드머 하우스 고급영어과정 수료, 현재 대구 가톨릭대학교 객원교수. 주요 번역서로는 '마지막 잎새', '내 일생의 단 한번', '아침 일곱시, 그 남자의 불행', '거짓말' 외 다수

일러스트 김윤희

사랑을 주제로 하는 작업을 주로 하며 따스하면서도 아련한 감성을 표현하고자 한다. 신한카드, 현대해상의 광고영상 일러스트를 작업하였다. 현재 단행본 다수, 표지, 사보, 교과서, 팬시, 앨범자켓 등 다양한 분야에서 활동하고 있다.

Bestseller World's Classics 004

마지막 잎새

오 헨리가 전하는 따뜻한 희망의 메시지

1판 1쇄 인쇄 | 2019년 4월 10일
1판 1쇄 발행 | 2019년 4월 20일
지은이 | O. 헨리   **옮긴이** | 유혜경
펴낸이 | 김정동   **편집주간** | 김혜자   **책임편집** | 김예슬
일러스트 | 김윤회   **디자인** | 장유진   **홍보** | 박상현
마케팅 | 최관호 · 서혜희
펴낸곳 | 도서출판 문학마을   **등록번호** | 제2-1260호   **등록일** | 1991.10.11
주소 | 서울시 마포구 성지길 25-20 덕준빌딩 2F
전화 | 3142-1471   **팩스** | 6499-1471
홈페이지 | http://blog.naver.com/sk1book
이메일 | seokyodong1@naver.com
ISBN | 978-89-85392-89-1 03840

이 도서의 국립중앙도서관 출판예정도서목록(CIP)은 서지정보유통지원시스템 홈페이지
(http://seoji.nl.go.kr)와 국가자료공동목록시스템(http://www.nl.go.kr/kolisnet)에서
이용하실 수 있습니다. (CIP제어번호: CIP2016031223)

잘못된 책은 구입처에서 교환해 드립니다.

문학마을에서 작업을 함께 할 일러스트레이터 작가님을 모십니다.
뜻이 있는 분은 seokyobooks@naver.com으로 포트폴리오를 보내주세요.